魔豆

炮灰要向上
vol.5
穿越變成雙面間諜
香草 著

炮灰要向上 vol.5

目錄

第一章·星際時代

迎。

「青青青青青！歡迎回來！」堇青回到了鏡靈空間，依舊獲得團子熱烈地歡迎。

她接住從龍椅撲來的團子……是的，是龍椅沒錯。團子把鏡靈空間變化爲一座金碧輝煌的宮殿，從宮殿看出窗外，還能見到一片充滿珊瑚礁的海底美景。堇青剛回來鏡靈空間時，還看到一群從空間中幻化出來的蝦兵蟹將正在餵團子吃葡萄……

垂首看著團子的鹿角與蛇尾，再聯想到此刻身處的海底宮殿，堇青有點不確定地詢問：「團子你……這次是cosplay龍王嗎？」

也不怪堇青這麼猶豫，實在是團子對這個龍王的扮相太不上心了。

團子依舊保持毛茸茸的上半身，然而從腰部往下卻變成蛇尾。雙眼是銀色的爬蟲類眼瞳，頭上那小小的鹿角很萌，可是……

堇青吐槽道：「你這算是什麼龍？這鹿耳朵是怎麼回事？龍是沒有耳朵的吧？還有龍的鱷頭、蜥腳，與鷹爪呢？」

「變成那樣就不可愛啦！我才不要！」說罷，團子拍了拍胸口：「即使沒有鱷頭、蜥腳、鷹爪，朕也是龍王！」

堇青嘴角一抽，心想你開心就好。

不過這樣也不錯，至少上半身還是毛團，抱起來手感一如既往地好！

在堇青抱著團子狠狠揉了它的軟柔皮毛的同時，眾多金光浮現，其中一半向著他處而去，一半則沒入堇青的靈魂中。

堇青再次清楚地感覺到，靈魂因爲金光而凝實了幾分，這些金光對她的靈魂來說，簡直就是大補之物。金光對她魂魄的好處，比起她從一個個小世界千辛萬苦收集而來的天道之力，更能滋養她的靈魂。

這一世，堇青研發出新的精神力舒緩方法，解決了精神力變異的問題。同時亦研究出新的精神力運行路線，爲人們精神力的進化做出巨大貢獻。

可以說，堇青的研究令那個小世界的發展少走了許多冤枉路。要是沒有她，不知道整個人類文明的進步會慢上多久，也不知道會有多少精神力不高，或精神力變異的人，被耽誤了終生。

堇青這種推動文明進展的舉動，所獲得的功德金光可不比之前當拯救世界的救世主弱。

她能夠獲得這些成就，安子晉也功不可沒，要不是有他的守護與支持，堇青也不能這麼隨心所欲地進行研究。

因此堇青覺得這些榮耀都應該與戀人分享的，也許就連上天也是這麼認爲，所以這些堇青猜測是「功德金光」的光芒，總會分出一半飛往他方，應該便是前往她的戀人那裡去了吧？

隨即堇青又想到，她在原本的世界中已經死亡，靈魂需要天道之力滋養，以圖復活。那些功德金光的功用，應該也就是用來凝實她的魂魄。可是，戀人呢？

戀人的靈魂能夠跟隨著她一起轉世，還能夠偶爾看到她眞正的瞳色，單是這兩點，便能看出他的不尋常。會不會是因爲戀人的靈魂也比一般人強大之故，而這當中有著「功德金光」的關係？

堇青回想起，戀人每一世都有著不錯的家世與地位，而且除了他身爲騎士長那世是個孤兒以外，皆家庭和睦，相較於自己，可有親人運得多了。

堇青不由得浮想聯翩，說不定戀人在遇見她以前，便已經拯救過世界，是個身懷功德的大好人，因此靈魂才有能力在第一個小世界死去後，跟隨她轉世到另一個小世界？

堇青心裡疑惑，只是戀人這個當事人每次轉世後都沒有保留以前的記憶，而唯一能夠與她討論這個話題的團子，則對吸收金光一事並不贊成。

堇青初次看到這些金光時，便告知團子此事。只是它也不知道這些光點是什麼，並且覺得金光來歷不明，堇青若是吸收也太危險了。

反正他們只要老老實實地出任務，擾亂天道後一點一滴地偷取那個小世界的天道之力，終有一天，堇青便可以復活，犯不著去冒險。

堇青也覺得團子說的有理。只是那些金光卻由不得她控制，每次出現，都有一半自主沒入她體內。堇青不想團子爲她擔心，便沒有告訴它這事情。

雖然她無法證明金光的好壞，只是自己的靈魂自己知道，堇青眞的覺得那些金光對她有益無害，只是沒辦法拿出確實的證據來說服團子，說出來又只會讓它擔心，因此，之後便沒有再向團子提過這些金光，假裝沒有這一回事了。

自從堇青對於金光有了上述猜想後，便有意識地在穿越之後多做好事。反正有戀人在，堇青即使完成任務也不急著離開，選擇留在那個小世界度過一生。既然如此，倒不如做些大事，才算是不枉此生嘛！

如果她的猜測沒錯，下一個世界裡的戀人理應也是位高權重的人。這同時方便了堇青找人，不然若對方是個沒沒無聞的普通人，那簡直就是大海撈針，即使窮盡一生去尋找，也許也找不到。

金光完全沒入堇青體內，這件事只有她一個人知道。堇青沒事人般地揉了揉團子的毛髮，微笑道：「團子，我也是時候要出發了。」

然而這次，團子並沒有立即讓堇青出任務，而是猶豫著詢問：「青青，妳……又要去找他嗎？」

堇青有點奇怪團子提及戀人時的態度：「當然，怎麼了嗎？」

「我只是覺得……那個人也太奇怪了。青青妳之所以能夠穿越這麼多的小世界，是因爲有我這個法寶的幫助。可如果他是個普通人，又是怎樣辦到的呢？青青，妳就從來沒有懷疑過他嗎？」團子嘆了口氣，奶聲奶氣的嗓音與它目前深沉的模樣很不搭。若是以往，堇青看到一定會覺得很可愛，可現在卻完全沒有了與團子玩鬧的心思。

堇青問：「可如果他本就不普通呢？比如他是個身懷功德的十世善人？又或者是個修眞界大能之類……」

團子搖頭道：「如果是前者，那麼他會在自己的世界轉生，頂多在轉生時擁有很好的命格。至於後者……修眞界大能的確擁有能破碎虛空、穿越到不同世界的能力，只是那樣的人，靈魂必定很強大，不會因爲轉世而失去記憶。所以如果他眞的是修眞界的人……那麼他便是一直在騙妳，而且還是有目的性地尾隨妳轉世。」

堇青理所當然地道：「我是他的愛人，他不跟著我，難道去尾隨其他的小賤人嗎？」

團子：「……」

見團子要炸毛了，堇青連忙安撫道：「好啦！我知道你擔心我，不過現在他又沒有眞的做出對不起我的事情，相反地，還每一世都待我很好。那我總不能因爲這種捕風捉影的猜測，輕易判他罪名的對不對？總而言之，我會多留一個心眼，不會吃虧的。」

堇青再三保證自己會小心，雖然團子仍是一副很擔心的模樣，但還是妥協道：「好吧……總之妳心裡有數就好……」

安撫了團子一番後，堇青便投入新的小世界中。

雖然堇青願意相信戀人，可是團子先前的話，終究在她心裡留下了陰影。然而她卻不是那種會因爲猜測而輕率對他人進行批判的人，她更相信自己親眼所見的判斷。堇青相信與戀人這麼多世以來的感情，亦相信對方對她的感情作不了假。

當然，堇青並不是被戀愛沖昏頭的傻白甜，既然團子特意提醒她，那麼她也會留一個心眼，只要事情有所不妥，便會立即提高警覺。

雖然堇青心裡是相信戀人的，但團子的話還是破壞了她的好心情，這讓她穿越到新的小世界時，心情實在稱不上愉快。

堇青才剛在新身體內恢復意識，坐在她面前的女人還在喋喋不休地說著話：「小青，家裡也是沒有辦法了。我們既然選擇了皇室，那麼就只能與任家為敵，家裡眞的很需要妳的幫忙。任元帥現在已經嚴重威脅到皇室的權威，之前因為蟲族的存在，皇室才一直容忍他的囂張。可既然蟲后都被消滅了，那麼蟲族已不成氣候，現在就只有妳能夠接近他……」

堇青剛來到這個世界，還未接收原主的記憶，對於這裡的事情彷彿兩眼抹黑。不過從眼前這個女人所說的話聽來，她也大約了解到發生什麼事情了。

不就是個鳥盡弓藏的故事嘛！

皇室覺得那個任元帥權威太盛，想把人幹掉卻又需要對方對抗蟲族。現在蟲后被殺，皇室認爲任元帥沒用了，便找原主去害他。

聽對方的話，原主是個可以接近任元帥的人，就不知道原主與那位元帥大人是什麼關係了。至於原主的家族則是沒有站在任元帥那邊，反而投靠了那個想要烹狗藏弓的皇室。

堇青心裡已經有所猜測，而眼前這位應該是原主母親的貴夫人，仍繼續努力遊說她：「皇室那邊已經答應我們，事成後一定不會虧待小青妳。既然皇室已經賜婚，妳這次是非嫁不可的了。作爲任家的媳婦，無論是竊取任家機密，還是毒殺任景鋒，對妳來說都是輕而易舉的事情。我們已經做好萬全的準備，事成後立即把妳接走，不會讓妳受到傷害。雷克斯也知道這事情，他不介意妳與任景鋒結婚，事成後會依約娶妳。相信我，媽媽不會害妳的。」

堇母一直關注著她，爲免被對方看出不對，這時候並不是堇青吸收原主記憶的好時機，堇青只得無奈地聽著堇母的遊說與保證。

只是聽到後來她卻覺得事情愈來愈狗血了，原主被家族逼著去毒殺未婚夫，而且她似乎還有一個深愛著的叫「雷克斯」的戀人？

堇青很不喜歡這種完全抓不住狀況的感覺，終於，她找到了機會打斷堇母的話：「媽媽，妳先讓我想想，好嗎？」

堇母雖然還想再多說些什麼，不過看到堇青的語氣似乎有些軟化，便道：「那妳好好想想。」

待堇母終於一步三回首地離開了，堇青立即接收原主的記憶。

這個世界，人類科技的水平已能夠於星際中自由出入。因爲母星資源耗盡，於是人類便離開了母星，遷移到其他星系居住。

然而在人類排除萬難、總算找到宜居的星系定居後，卻被宇宙蟲族盯上！

所謂的蟲族其實是一種宇宙生物，因爲牠們的外表很像地球的昆蟲而被如此命名。蟲族是掠奪者，智力低下卻繁殖力驚人，每到一個星球，都會把那個星球所有生命體獵殺殆盡，直至那顆星球寸草不生，牠們便會遷移到其他星球覓食。

對人類來說，蟲族來襲簡直就像遭遇大型蝗害。一開始，人類面對蟲族只能節節敗退，更有不少殖民星因爲戰敗被滅亡。後來人類研發出能夠與蟲族抗衡的機甲，總算與蟲族有了一戰之力。到了後期，人類的戰鬥力更在蟲族之上。

然而無論殺死多少蟲族，只要負責生育的蟲后仍在，那麼蟲族便能夠生生不息。

爲了滅絕蟲族，人類必須冒險闖入蟲族的大本營殺死蟲后，然而這卻是非常困難的一件事。

先不說蟲族的習性是到處遷徙，從不會在某處停留太久，要找出牠們的巢穴實在困難。即使找到牠們在哪個星球築巢，可蟲后身邊必定有重兵把守，這麼多年來，不少天才都折損了進去，可也攻不破蟲族的防線。

就在人類以爲與蟲族的抗戰將無止盡持續下去之際，奇蹟卻發生了。竟然有一名強者成功闖入蟲族巢穴，這人不僅成功殺死蟲后，更在蟲族瘋狂的圍攻下成功逃離——雖然是以一身重傷爲代價！

這個人，正是帝國的元帥，任景鋒。

同時也是原主的未婚夫。

現在人類社會實行的是君主專制制度，皇族是帶領人們從母星來到這個星系的希伯來家族。皇室多年來沒什麼作爲，經過漫長的歲月以後，人民愈發不滿皇室的統治。經常有人討論帝國應該要由君主專制改爲君主立憲制，甚至還出現不少廢除皇室的言論。

至於任景鋒，他身爲帝國的元帥，在民間本就有著極高的聲望，而現在，他連蟲后也解決掉……

於是一不小心，功高震主了！

原主與任景鋒從小訂下的所謂的「婚約」，其實只是老一輩的戲言，他們二人根本不熟悉，因此堇青也不確定這人到底是不是像皇室說的那麼狼子野心。不過堇青可以肯定的是，相較於庸碌無爲的皇室，任景鋒顯然對人類有貢獻得多了。也比皇室更得民心，更加適合成爲帶領人類走向高峰的領導者。

不少人顯然也是這麼想，任景鋒民間聲望極高，他的存在突顯出皇室的無能，即使他不爭不搶，也無可避免地被推至風尖浪口上。

很多無能者都有一個共通點，他們不會尋找自身的不足，目光永遠只盯著比自己強大的人。心裡充滿了嫉妒、怨恨，覺得只要把那些比自己強的人清除掉就好。

菫青實在不明白這到底是怎樣的腦迴路，即使把強者都幹掉了，他們自身根本沒有長進不是嗎？既然有這麼多時間去盯著別人，爲什麼不把這些心力好好用在提升自己上呢？

即使任景鋒消失了，可難道人民對皇室的不滿就會跟著消失嗎？

總而言之，皇室就是擁有這種神奇的腦迴路，覺得只要把任景鋒幹掉便萬事大吉。於是他們便想起原主——任景鋒的未婚妻——用眾多好處收買了菫家，希望借原主之手暗殺任景鋒。

任景鋒是精神力ＳＳ級的高手，像他這種精神力這麼高的人，對危險及人們的善、惡意有著本能的感受。如果是平常的他，再多十個菫青也不可能害得了人。

可現在任景鋒因爲與蟲后的那場仗而受了重傷，正好可以趁他病取他命！

任景鋒身邊都是對他忠心耿耿的親信，而堇青這個未婚妻則是親信之外唯一可以名正言順接近他的人，因此在暗殺任景鋒這事上，堇青的存在至關重要。

於是皇室便一改平時處處壓著任景鋒的做法，大肆宣揚他的功勞，隨即又擺出一副對他的重傷痛心疾首的模樣，表示幸好任景鋒沒有性命危險，不然人還未成親，要是出了什麼事，那就連血脈都沒有留下了。

人民見到皇室的感慨，不由得也開始爲男神的婚姻大事發愁。此時皇室便讓人放出消息，原來任景鋒從小便訂了娃娃親。

消息迅速發酵，皇室更提出既然任景鋒都把蟲族擊退了，現在也該好好考慮一下婚姻大事，畢竟堇家小姐都等了他這麼多年了，現在他立了大功，皇室沒有什麼好賞賜的了，那就爲他賜婚吧！

皇室一連串行動很有目的性，任家立即對這次的賜婚起疑。只是卻又找不到對方的錯處，因此無法拒絕。

再說，堇青的確與任景鋒有婚約，原本任景鋒對這事情並不上心，覺得只是老一輩的口頭約定，大不了到時候與堇青好好談一談，雙方和平地把婚約解除就好。

可現在事情鬧大了，皇室還以此作由頭來賜婚，令任景鋒完全錯過了解除婚約的好時機。

雖然任家父母對於皇室的做法充滿懷疑，可外界的言論卻正好戳中他們心裡的擔憂。想到自家大兒子已經二十八歲了，卻整天只想著打仗，也不知道是不是在軍隊裡對著那些粗漢子對傻了，心裡完全沒有「憐香惜玉」四個字，對女性這種柔弱的生物往往不假辭色，已不知道弄哭了多少個仰慕者，任父、任母都快愁白了頭。

這次任景鋒暗殺蟲后，差一點便沒命回來，現在重傷在家什麼地方也不能去，任家父母覺得這不就是一個相親的好時機嗎？結果皇室的賜婚便來了。

想不到皇室竟然拿著當年老一輩的戲言來大造文章，任父、任母對堇青充滿警戒的同時，心裡又隱隱有著盼望。他們並不像那些人所說般，執著要爲自家兒子留下血脈；任家父母覺得，對方一個女孩兒也是個人，並不是生孩子的工具，想不想要孩子，這應該是小倆口自個兒商量好的事情。

他們只是心疼大兒子長年形單影隻，父母兄弟再好也不比妻子，希望他的身邊能夠有個知冷暖的人而已。

於是任家人對賜婚一事樂見其成，至於任景鋒，他同樣覺得堇青這個人很可疑，想著先把不確定的危險留在身邊，看看她到底會怎樣作死，便也同意了。

原主並不知道自己早被任家所警戒，她是個被寵壞的大小姐，還已經有了喜歡的人，結果卻聽到家人要求她嫁給任景鋒，她頓時炸了，死活不肯同意。

於是便有了剛剛堇青穿越過來時，堇母的喋喋不休遊說。

至於皇室想讓堇家……正確來說，是想讓堇青做什麼呢？

皇室暗地裡研發出一種無色無味的毒藥。他們想讓堇青嫁到任家後，爲他們竊取任家的機密，並且找機會把毒藥落到任景鋒的食物裡。

在上一世原主的記憶裡，一開始聽到要嫁到任家時，原主是不願意的。只是堇家已站到了皇室那方，她不想嫁也得嫁。後來她的心上人雷克斯也遊說她，說只要她把任景鋒殺了，到時候不僅堇家能夠獲得皇室的看重，同樣地，軍事世家出生的他也會有很大獲益。

雷克斯是貴族出身，他的父親正是上一任元帥，要不是任景鋒戰績彪炳，現在坐在元帥位子的人便是他了。

因此雷克斯作夢都想著要把任景鋒拉下馬，由自己取而代之。皇室看出他的野心，雙方一拍即合，雷克斯自然會盡力地遊說原主。

原主性格刁蠻任性且沒腦子，她被雷克斯與家人說服，便帶著毒藥出嫁。結果可想而之，她還沒找到下毒的機會，便因為竊取機密而被抓，藏著的毒藥也被搜出來，人贓俱獲。

之前口口聲聲說會護著原主的堇家，不只完全沒有出手保她，甚至還正氣凜然地與原主劃清界線，把所有過錯都推在她身上。一副哀痛的模樣，公開譴責原主的行為，並且主動宣布與原主脫離關係。

至於原主心心念念的戀人雷克斯，卻是讓人偷偷送了一瓶藥劑給原主，聲稱只要喝下藥劑後便會進入假死狀態，到時候他會想辦法救她出來。

原主不疑有他，喝下藥劑後卻劇痛難當，最終吐血而亡……

吸收了原主上一世的記憶後，堇青輕笑道：「呵……那些人把責任都推到原主身上，大概原主死後，便會說她畏罪自盡吧？眞是好計算。」

雖然原主不是什麼好人，可是堇家與雷克斯作爲原主最親近的人，卻利用原主對他們的信任哄騙她。在對方事敗後更是毫不猶豫地將所有罪名推到她身上，甚至毒殺她，這也太讓人感到心寒了。

第二章・前往任家

原主這個從小被嬌縱著長大的傻孩子看不明白，可堇青卻看得清清楚楚。原主以爲自己被家人所愛，可其實重男輕女的堇家父母看重的只有她的弟弟，堇煒。

至於原主，卻是一個用來當她弟弟踏腳石，隨時可以犧牲的籌碼。

堇家人富養著原主，也並不是因爲寵愛她。一來，終究是自己女兒，既然家裡有這種條件，就當養一隻可愛的小貓、小狗也不虧；二來是女兒養大後可以用來聯姻，到時候便是兒子的助力，把女兒養得嬌貴才能「賣」個好價錢。

因此堇家人在物質上從來沒有苛待過原主，然而卻在教導她待人處事方面多有忽略。畢竟他們認爲女兒蠢一點才好哄騙，太精明可不好操控。

也許他們對於女兒並不是沒有一點兒感情，只是這份感情在利益面前卻顯得微不足道，沒事的時候他們願意寵著原主，可要利用的時候卻也是毫不心軟。

「青青，妳打算怎麼辦？要逃婚嗎？」團子問。

堇青想了想，嘆了口氣：「要逃的話，能夠逃到哪裡呢？這可是皇室的賜婚，要是我真的逃婚，必定會被通緝。不說皇室與堇家會不會放過我，單是任景鋒那些腦殘粉便夠我頭痛了！」

團子聞言急了：「那怎麼辦？青青妳只得嫁了嗎？」

雖然團子對堇青喜歡的那個男人充滿疑慮，可也不代表它想讓堇青隨便便宜別的臭男人呀！

看到堇青委屈自己，它也會心疼的！

堇青拿出原主藏著的一瓶毒藥。這正是堇家給她用來毒殺任景鋒的無色無味藥劑，她笑道：「或者，我可以嘗試與任景鋒合作？他與原主見過一面，過程可是一點兒也稱不上愉快。應該是對原主充滿厭惡，卻又不得不娶吧？既然如此，我可以與他假結婚，婚後各過各的，待機會成熟後再離婚就好。」

「至於這毒藥……」堇青把手中毒藥拋了拋：「也許可以用來作投名狀？」

從原主的記憶來看，任景鋒雖一直以來都把重心放在與蟲族的戰事上，無視皇室的找碴，可那不是因爲他怕事，只是在外敵侵略之下並不想造成人類內鬨。

或許皇室的賜婚在任景鋒心中除了噁心一下他以外，並未帶來多大壞處，可要是讓他知道皇室都有了想要他命的心思，任景鋒可不會再繼續放任對方，推翻皇權只是遲早的事情。

既然堇家想要站隊，那堇青爲何不也早些站隊呢？只是她沒有挑選家裡所效忠的人，反而選擇了敵對勢力罷。

所以堇青現在的計畫是：假裝答應堇家對元帥下毒↓嫁到任家當間諜↓與元帥聯手當雙面間諜↓先結婚↓後離婚↓去找戀人。

計畫GET！沒毛病！

團子對於堇青這一連串計畫已經不知道該說什麼才好，又是當間諜、又是當雙面間諜、又結婚又離婚……聽起來很忙，總之堇青開心就好。

團子覺得自己只要像往常般爲堇青瘋狂打CALL就行了。

不然能怎麼辦呢？搭檔的操作太風騷，它也很絕望呀！

堇青這邊想到便去做，正好她的光腦中有任景鋒的聯絡資料，就直接聯繫對方了。

結果……任景鋒卻完全不接她的電話！

堇青挑了挑眉。現在任景鋒正在養傷，根本就閒得很，不接她電話十居其九是故意的。雖然明知道原主不受人待見，但任景鋒厭惡的表現也太明顯了。

堇青沒有放棄，直接編寫了一條訊息給對方：「我要跟你談談有關婚約的事，是男人就別裝死，勇敢地出來面對。」

團子看著堇青這則短訊索索發抖：「青青……妳這樣不太好吧？」來到這個世界後，團子偷偷看過了堇青那個未婚夫是什麼模樣，那身驚人的煞氣……對方絕對是個殺神呀！

堇青卻不在意地道：「我想與任景鋒合作，又不是當小弟要討好他，雙方關係是平等的。何況我又沒有說錯，那人無視未婚妻的訊息也太沒風度了吧！」

原主是個刁蠻任性的女孩，堇青已經開始進入角色了。雖然她不會像原主那麼無理取鬧，然而在許可的情況下，放縱一下自己的情緒，當一個嬌縱的大小姐感覺也不錯呢！

果然很快地，任景鋒便回覆：「婚約有什麼好談？妳找到拒絕的方法了嗎？」

任景鋒一開始沒有回應堇青，並不是逃避，只是懶得回罷了。

他對這場婚姻一點兒也不滿意，可是卻不得不接受。自認與這個堇家千金沒什麼好說的，因此當堇青打電話給他時，任景鋒直接無視了。

只是對方的訊息卻說有關於婚約的事要詳談……這倒是勾起了任景鋒的興趣。

堇青不知道自己的房間有沒有被堇家監控，在堇家談事情並不安全，因此她提議到任家找他面談；任景鋒對此有點意外，但也同意了。

隨即堇青打扮一番後便去找堇母，說明願意到任家去當間諜，並且找機會毒殺任景鋒。堇母聞言後非常感動，再三保證他們一定會以女兒的安全爲優先考慮，雙方最後更是抱頭痛哭。不過這對母女之間的眼淚有多少是眞心的，就只有她們自己知道了。

團子看著眞的流出眼淚的母女二人，第N次地慨嘆著果然演技源自於生活，這些人一個、兩個都是影帝、影后啊……

搞定了自家母親以後，堇青便以婚前交流感情爲名，光明正大地去找她的未婚夫了。

任家作爲元帥大人的老家，這裡的人都是任景鋒的心腹，說是被重兵把守也不爲過。

堇青雖然是皇室賜婚的未來任家媳婦，但其實這是她第一次來到任家，忍不住有些好奇地東張西望。反正她現在是個恣意妄爲的大小姐人設，好奇就好奇了，不用端著。

堇青的表現反倒讓任家下人們對她有了些許好感，之前來到任家的不少貴族，明明好奇得要死也硬是端著一副上等人的架子，至少這位堇小姐看起來大剌剌的，沒這麼多心計。

如果讓堇青知道這些下人心裡所想，一定會忍不住嘆氣——這堇小姐不就是因爲沒有心計，才被自己家裡坑死了嗎？

雖然堇青是初次踏入任家，但原主其實曾與任景鋒見過一面。只是那一面絕對稱不上美好，甚至讓任景鋒對她充滿了厭惡。

皇室爲二人賜婚後，原主吵鬧著不肯結婚，結果堇家便把她關了起來，進行思想教育，沒想到卻讓原主找到機會逃了出去。

原主一時之間不知去哪裡才好，便想著投奔男友雷克斯。又想起對方曾提及那天會出席一場宴會，於是便興沖沖地趕過去。

誰知當原主踏入宴會廳時，便看到自家戀人與一個很漂亮的少女談笑風生。原主的心情本就因爲被逼婚而盪至谷底，看到這一幕更是怒火中燒，取過侍應拿著的酒，便往那女孩身上潑去！

當時場面一陣混亂，原主很快便知道那個被她潑酒的女生原來是任家千金，也就是任景鋒的妹妹，任景瑤。

妹妹出了這種事，任景鋒親自前來接她。原主也是在那時候第一次與未婚夫見面，只是當時任景鋒因爲原主的作爲已渾身怒意，把原主嚇得不輕。

作爲鐵血元帥，任景鋒煞氣全開的模式可不是原主這種大小姐可以承受的。當時原主甚至產生一種錯覺，覺得任景鋒就是個殺人不眨眼的怪物，要不是她是皇室欽點給他的未婚妻，這男人說不定一生氣便把她幹掉了！

那次見面讓原主對任景鋒產生很大陰影，同時也讓她在任元帥心裡的評價跌至谷底，亦得罪了所有任家人。

要知道在任家，任景瑤身爲兒女輩中唯一一個女孩，可是受著萬千寵愛的。與堇家那種表面溺愛、實際重男輕女思想根深柢固的家族不同，任家是眞的喜愛女兒，更因爲任景瑤性子軟和，而對她特別保護。

原主被任景鋒嚇怕了，任景鋒則對原主印象差到不行，因此兩人婚約訂下後這麼久，都沒有約出來見面。

堇青知道有了原主幹的蠢事在前頭，這次談話必定不太友好，不過她也不怕。皇室爲她賜婚，要是任景鋒不想跟皇室撕破臉皮，現在還不會動她，她等於拿著一面免死金牌。

何況在原主記憶中，任景鋒雖然幾乎等同於洪水猛獸般的存在，但堇青是誰？她可是經歷多個不同世界、真實參與過多場戰爭的人，她能夠無視任景鋒的煞氣，以平等的目光去看待這個男人。

這次堇青穿越進入的身體，外表長得很美艷，是那種像紅玫瑰般帶刺的美麗。可惜一身大小姐的刁蠻任性實在令人卻步；而任景鋒素來最不喜的便是像原主這樣，憑著貴族身分看不起人、作威作福的人。因此這個未婚妻再美麗，任景鋒對她也沒有任何好感。

看到堇青面對自己時竟態度淡然，完全沒有想像中的畏縮，倒是讓任景鋒有些訝異。

堇青進到書房以後，任景鋒絲毫沒有與她寒暄的意思，單刀直入地冷聲詢問：「說吧，妳想與我談什麼？」

堇青打量了下眼前這名年輕的元帥。對方有著一雙很美的祖母綠眼眸，只是眼神太過銳利，只怕別人還未察覺到這雙眸子的美麗，便已被他冰冷的眼神刺得忍不住移開視線。

任景鋒看著堇青的表情很冷漠，一點兒也不像在面對自己的未婚妻，眼神中甚至還隱隱帶著厭惡，比面對陌生人更不善。

堇青對此不以爲意，原主的性格的確不討人喜歡。也許有些男人看在原主是女生，或者她那張漂亮的臉，對她特別寬容，但任景鋒顯然不是個會憐香惜玉的人。

堇青在不同的小世界中有著與軍隊打交道的經驗，甚至她的戀人曾是古代的將軍，以及教廷的聖騎士，因此堇青對於像任景鋒這種爲國爲民站到最前線戰鬥的戰士是非常敬仰的。

只是與之相反，對方對她的觀感負分連連就是了。

現在她來到任家，身處的還是任景鋒的書房，堇青覺得機密性足夠了，也不介意對方冷冰冰的態度，直接表明來意：「我是帶著誠意來的，任元帥，你知道皇室想要你的命嗎？」

任景鋒想像過堇青來找他會有什麼樣的事情，但他絕對想不到對方第一句話便語出驚人！

其實自從他把蟲后殺死以後，便察覺到皇室對任家的敵意愈發明顯。從很久以前開始，皇室與軍方的關係便一直很微妙，只是因爲有蟲族的威脅，人類沒那個精力、也不敢內鬨而已。

可現在蟲族已不成氣候，皇室的野心便大了起來。因爲殺死蟲后而聲名大噪的任景鋒，自然成了皇室的眼中釘、肉中刺。

皇室想對他下手並不讓人意外，只是事情被堇青這麼大剌剌地嚷出來，就很令任景鋒驚訝了。

任景鋒表情變也沒變，淡淡說道：「怎會呢？我們任家一直爲帝國鞠躬盡瘁，皇室又怎會想要我的命？妳想多了。」

堇青挑了挑眉，心想這傢伙的警戒心滿高的嘛，這裡就只有他們二人在，這人說話仍是這麼小心。

不過堇青這次來是要與任景鋒結盟的，相較於卸磨殺驢的堇家與皇室，反而是對她印象不好、冷冰冰的任家，更能獲得她的信任。

堇青在穿越以前便是活在重男輕女的家庭裡，她很清楚在那些家長的心目中，只有兒子才會是他們往後的依靠，女兒都是潑出去的水。因此在有需要時，女兒往往會成爲犧牲品，而家裡還會覺得理所當然。

這也是爲什麼比起與原主有著血緣關係的堇家，堇青反而更相信人品高尚、沒這麼多壞心思的任景鋒。

堇青不管對方心裡怎樣想，直接把皇室收買了堇家、讓堇青嫁到任家當間諜，並且找機會用新型毒藥毒殺任景鋒的事情告知對方。

隨即更把毒藥交給任景鋒：「喏，這就是我要用來殺你的毒藥，你不信的話，可以找人分析一下藥劑，保證有驚喜。」

在星際時代，人們的精神力與體力有著飛躍性的增長。尤其像任景鋒這個SS級別的強者，甚至能夠在沒有任何保護措施下，在宇宙生存一段時間，因此一般毒藥殺不死他的；再加上每個高階精神力強者的身體素質皆不同，只有專門針對對方體質研發的毒藥才能生效。

因此，若堇青交給任景鋒的毒藥真的能夠致他於死，那麼她的話便很有可信度了。

聽著堇青說的話，任景鋒的手指在桌上輕敲了幾下，這是他思考時的小動作，堇青見狀眨了眨眼，隨即凝神深深打量了對方一番。

見對方聽到這一連串針對他的計策後依然沒什麼表示，一副很沉得住氣、等她提出要求的模樣，堇青不由得感到一陣氣悶，真想拂袖而去，讓這傢伙自個兒繼續裝逼！

可惜現在她形勢比人弱，急需任家來當她的靠山，只能邊在心裡打任景鋒的小人，邊把毒藥交到對方手上。

堇青自願把毒藥送上門，無論真假，任景鋒都不會拒絕。收下堇青的「投名狀」後，任景鋒總算願意正視這個堇家大小姐了，態度緩和了些地詢問：「妳把這些事情告訴我有什麼目的？難道堇家想與我結盟嗎？」

雖然現在任景鋒已經看高了董青一眼，覺得這個大小姐沒有他想像中這麼沒腦子，不過他並不認爲對方有膽量瞞著家族把東西交給他。因此他猜測，是不是董家正在與皇室虛與委蛇，其實是站在任家這邊。

然而董青再次讓他驚訝了，只聽少女脆生生地笑道：「不是喔！是『我』想與你結盟。」

董青說到「我」字時，強調地加重了語氣，這次她終於如願看到任景鋒神色變了。

董青心裡生出惡作劇般的得意，隨即坦言道出要求：「我需要你娶我，幫我脫離董家。作爲回報，我會幫你一直監視著董家與皇室的行動，並且向他們傳遞錯誤訊息。」

聽到董青說要嫁給自己，任景鋒心裡不知爲何浮起淡淡的漣漪，不過很快又變得冷硬起來。現在是任家生死存亡的時刻，董青表面上看似站在任家這邊，但誰知道她心裡是怎樣想，是不是利用這些來博取他的信任後，背後還有更大的圖謀呢？

任景鋒可不會天眞地認爲堇青對他眞的完全無害。

不過既然要娶她已成定局，任景鋒也不會拒絕對方的提議。

結盟可以，但任景鋒不會因爲堇青的投誠而降低對她應有的戒備！

堇青也看出任景鋒對她的不信任，並沒有氣餒，畢竟這也是理所當然的事情。她這次來的目的，只是想提醒對方早做準備，然後表達一下她的善意而已，本就不認爲對方會輕易相信她。

從原主的記憶中，堇青還是信得過任景鋒的爲人的。至少這個人很有責任感，只要他承認了雙方的合作關係，便會好好護著她。因此無論任景鋒怎樣看待她，只要對方答應與她結盟就好。

任景鋒並沒有考慮太久，畢竟與堇青結盟對他完全沒有壞處，便應允下來。

堇青露出滿意的微笑，站起來雙手撐在桌面，俯視著任景鋒笑道：「那麼我就等著你來娶我了，我的未婚夫。」

說罷，堇青還風騷地給了任元帥一個飛吻，美艷動人的臉上滿是讓人移不開視線的誘惑。

雖然任景鋒不喜歡堇青刁蠻的性格，只是那瞬間還是被美人撩到了。

看到任景鋒面無表情，可卻不自知地紅了耳朵，堇青格格直笑，頓覺扳回一城，精神爽利地向任景鋒揮手道別。

堇青離開任家後，之前因不想讓堇青分心而忍耐著不說話的團子，頓時炸了：「青青，妳不是說與任景鋒只是假結婚嗎？可剛剛妳的舉動……難道妳已經把那個人忘記了？妳這個移情別戀的傢伙！」

堇青小聲哼著歌，即使被團子指控她移情別戀，仍是一副心情很好的模樣，笑著解釋：「我才沒有移情別戀呢！任景鋒他很有可能就是我要找的人呀！」

團子聞言愣了愣：「不會吧？這個任景鋒完全沒有與那個人相似的地方……而且他還對妳這麼壞！」

堇青聳了聳肩，反問：「團子，你還記得大明湖畔的……咳！不對，你還記得喪屍末世的葉曉明嗎?」

菫青沒有把話全說完，可是團子已經懂她的意思了。

那時菫青遇上葉曉明，對方性情陰沉，與她之前所認識的那個溫和穩重的鎮國大將軍陸世勳，以及聖騎士安東尼奧相差甚遠，而且那傢伙還對菫青很差勁，一見面就叫她「滾」。眞要說起來，任景鋒對菫青算是很客氣的了。

菫青一直相信成長的經歷會影響一個人的性情，因此即使戀人轉世後靈魂相同，可她也不會單純僅用性格與態度來分辨對方。

反而一些下意識的小動作，又或者直覺般、充滿玄妙、來自靈魂共鳴的熟悉感，更讓菫青在意。

也許因爲與戀人一起生活了長久的時間，在千千萬萬個日子中，對他實在太熟悉了，現在，對於他的存在菫青已經有著隱隱的預感。她能夠輕易從任景鋒的動作中，感覺到戀人的影子。

一開始看到任景鋒時，菫青只覺得他身上有著莫名其妙的熟悉感。然而與對方交談一番之後，卻已有六成把握對方便是她要找的人。

再聯想到之前她對「功德金光」的猜測，如果戀人眞是身懷大功德的人，轉生成爲衣食無憂、有著不俗背景的大人物也是很有可能，那麼這次他當了帝國元帥，很合理的嘛！

既然他們有著婚約，堇青正好趁這機會留在任景鋒的身邊，總有方法可以查清楚對方是不是她要找的人。

第三章・堇家弟弟

菫青對任家還是很放心的，她選擇讓團子去監視皇室與菫家的動向，因此並不知道在她離開任家後，任家便開了一場所有家庭成員都必須出席的祕密會議；而她，正是任家在這場會議中討論的關鍵人物。

皇室也不是第一次與任家對著幹了，只是以前都是小打小鬧，不是想打壓任家的名望，便是做些小手段來噁心一下他們，任家根本不放在心上。

其實任家沒有什麼野心，他們滿心想的只有保護人類，並與蟲族作戰，不想因內鬥而消耗人類的力量。無論皇室怎樣蹦跳，任家能忍則忍，就像這次皇室的賜婚，雖然任家並不滿意，最後還是應允下來。

反正任景鋒沒有喜歡的人，一副要單身至天荒地老的模樣，任父、任母也想他盡快成家。而要是菫青人品真的太差，到時候搜集些對方作惡的證據，找個理由離婚就好。

可任家人怎樣也想不到，皇室主導這場婚姻的最終目的，竟是要取任景鋒的命！

要知道任景鋒一直盡忠職守地駐守在戰爭前線，與皇室從未交惡。任家知道皇室看任景鋒不順眼，可實在意外竟然只因爲他戰績彪炳，便想把他殺之而後快！

皇室也不想想，雖然蟲后已被消滅，可蟲族大軍還在呀！不把蟲族消滅殆盡，難保會出現新的蟲后。何況宇宙中除了蟲族，還有不少令人畏懼的戰鬥物種。要是他們除掉任景鋒這個帝國最強大的武力，那麼當人類再被攻打時該怎麼辦？靠他們這些腦滿腸肥的皇室與貴族們去保家衛國嗎？

任父也是軍人出身，要不是與蟲族作戰時受了重傷退役，現在還身居軍部要職。然而雖然他已退了下來，可依舊帶著軍人的凜然正氣，最看不得像皇室這種在背後搞小動作的行徑！

任家以往的退讓並不是因爲怕了皇室，只是他們野心不大，不到萬不得已，不想因爲爭權而讓士兵流下一滴鮮血。

不過事關家人的安危，皇室這次的做法已完全觸及到任家的底線！

既然對方想毀了任家，那麼任家也不懼。任家手握兵權，而且不少親信部下只聽任家命令行事。這也是爲什麼當權者那麼畏懼軍人造反，實在是他們要反，眞的易如反掌，尤其在目前任景鋒聲望最高的時候。

既然已經得知皇室的計畫，還獲得董青這個不知是眞心還是假意的間諜，任景鋒覺得他們不用急著出手，可以先靜觀其變。

對於任景鋒的提議，任家其他人也是贊成的。別說他們有了警戒，即使他們對此事全不知情，光是他們早已把任家打造得固若金湯這點，別人要害他們也不是件容易的事。

可以說，董青投靠任家，救的不是任景鋒的性命，而是她自己的性命。

既然已經有廢除皇室的打算，那麼任家可不想便宜了別人，將皇室拉下馬後自然要取而代之，因此也得要多做準備。只有足夠強大，才能擁有話語權，也才能夠保護自己與家人。

要廢除皇室並不難，可任家顧忌的是他們手上沒有皇室的把柄，現在對皇室出手，便會被人民視作亂臣賊子。不單是任景鋒多年建立的好名聲會被毀掉，甚至還會引起人民的仇視。

既然現在皇室要對付任家，倒不如找個機會搜集對方的罪證，到時候任家師出有名，造反還能賣慘說是被逼的。

於是任家一致決定依任景鋒的想法，暗地裡搜查皇室罪證。至於堇青……如果對方真的誠心與他們合作，事成以後必定不會虧待她。如果她懷著不好的心思嫁過來，那麼她就有得哭了！

堇青並不知道任家對她的評價，即使知道也不在乎，此時她正悠然自得地駕駛著自家跑車回家。

未來世界的汽車除了全自動化以外，還擺脫了地心引力法則，能在空中行駛，充分利用了空中跑道；而車道多了，自然鮮少出現塞車情況。再加上堇青居住的首都星是政要權貴雲集的星球，道路狀況更加好得不得了。因此在任家還在開會時，堇青已回到了堇家。

家裡的智能系統爲她打開大門，堇青便看到她的弟弟堇煒早已在客廳守株待兔，等著她回來。

雖然堇家重男輕女，可沒有任何利益衝突之下，堇家父母對原主著實不錯，原主也一直以爲自己是被父母愛著的。

因此原主即使知道毒殺元帥一事九死一生，她還是相信了堇家的保證，爲了家裡與愛人，毅然嫁給任景鋒。卻不知自己在父母眼中只是隨時可以捨棄的棋子，她所做的一切只是爲了給弟弟鋪路。畢竟皇室開出最令堇家父母心動的條件之一，便是給予堇煒一支可以提升精神力的珍貴藥劑。

然而堇煒對此卻全不知情，他一直以爲家裡是很重視姊姊的，甚至因爲家裡對他要求很高，卻對原主非常放縱，堇煒還誤以爲父母更加喜歡原主。

堇煒不喜歡原主的驕縱，與她並不親近，彼此之間的關係不好不壞，然而在原主出事後，卻只有這個不知內情的弟弟願意爲原主奔波。可惜當時堇煒只是個未出校門的學生，根本幫不上忙，被關押的原主很快也「被自殺」了。

可以說原主的悲劇，有部分其實是因爲堇煒而造成。然而堇青並不討厭這個少年，不過爲了維持人設，她還是沒有給堇煒任何好臉色，一副任性萬分的模樣道：「你今天不用上學嗎？該不會是逃課了吧？」

堇煒道：「我還不是擔心妳嗎？聽說妳答應嫁到任家了，能夠想通就好。」

對堇煒來說，既然皇室都賜婚了，那堇青不嫁也得嫁。他實在不明白堇青到底在鬧什麼，在堇煒看來，任景鋒要娶像他姊這般任性的女人實在是虧了。

堇青聞言翻了翻白眼：「之前你還雷克斯哥前雷克斯哥後，一副把雷克斯當成姊夫的模樣，想不到立場轉換得這麼快呢！」

堇煒道：「雷克斯很不錯，但任景鋒也不差呀！我眞不明白妳之前在抗拒什麼，難道眞的對雷克斯這麼死心塌地嗎？所以我說妳們這些女人，還眞是感情用事。」

堇青心想，原主是喜歡雷克斯沒錯，但也不至於爲了他違抗皇命。原主之所以死也不願意出嫁，主要是她不想當間諜，亦不敢毒殺任景鋒罷。

不過這些董煒並不知情，在他眼中，就是原主在無理取鬧而已。

董青惡作劇心起，想著怎能自己被逼著出嫁，還要被董煒這個坐享其成的傢伙教訓呢？

在原主那一世，董煒一直被蒙在鼓裡，在他看來，原主的所有掙扎都很莫名其妙，還覺得這是原主被寵壞在發大小姐脾氣。

從小被父母灌輸弟弟是家裡男丁、未來頂梁柱想法的原主，不知不覺間也被種下了重男輕女的思想，覺得弟弟就是董家的所有希望。因此無論是董父、董母，還是原主，都不約而同地沒讓董煒得知真相，不希望這種見不得光的事情影響到他。

董青對於原主的天真想法嗤之以鼻，女生的價值並不僅是用來聯姻生孩子，不見軍部也有不少女軍人任職嗎？要是她足夠強大，一樣也能成爲董家的頂梁柱，亦能夠主宰自己的命運。

不過董青也明白原主在這種家庭長大，從小被耳濡目染，會有這種想法很正常。可董青不是原主，董家所有人都覺得董煒這個男丁是心肝寶貝，偏偏對董青來說，這人也只是個陌生人罷。才不想讓這人不知情地吸著她的血，還要被他指責自己不懂事！

菫煒要真的當得起菫家的頂梁柱，那就應承擔責任，而不是任由家人頂在前面，而他毫不知情地坐享其成。

老實說，菫青滿好奇自家弟弟知道真相時會怎樣做呢！

於是菫青便冷哼了聲，道：「別說你毫不知情呢！家裡要我當間諜盜取任家機密，還要我毒殺任元帥。我真的嫁過去，還能夠有命嗎？只是我實在沒有辦法拒絕，要是不答應大約也是死路一條，這才只能嫁到任家去拚命而已。」

菫煒對此事毫不知情，聽到菫青這麼說，他是完全不相信：「怎麼會!?我們與任家沒有衝突，殺死任景鋒，這對家裡有什麼好處？」

菫青對菫煒的天真感到很無言，蔑笑道：「家裡早已與皇室結盟了，你別裝作不知道，爸媽要我賣命毒殺任景鋒，換回來的增長精神力的珍貴藥劑，還是給你用的呢！」

說罷，堇青不理會堇煒的追問，逕自回到房間，毫不在意自己的一席話，會爲堇家帶來怎樣的風暴。

原主是主修藥劑學的學生，這段時間因爲備婚而暫停了學業。因此堇青現在悠閒得很，便決定複習一下原主的功課。

堇青發現這個世界與她前一個世界很相似，都是非常著重精神力的未來世界。只是在前一個世界中，精神力的運用才剛萌芽不久，而且人們還居住在類似地球的藍星上。

到了這個世界，人們已經移居其他星系，精神力的開發亦更趨成熟，成爲生活不可或缺的一部分。

原主仔細翻看著原主的記憶，竟發現人類歷史中曾出現一名推動精神力發展的偉人，那人亦名叫「堇青」。

原主對歷史沒興趣，要不是與那個偉人同名，也未必知曉對方的存在。因此這些資料都是堇青從原主的記憶底層挖掘出來，並且只有簡單的隻字片語。

堇青好奇之下上星網翻查那位「堇青」的資料，發現對方的照片並沒有保留下來，不過看她的生平事蹟……完全與她上一世的音樂家身分對得上號！

所以……這是她上一世活過的小世界N年後的世界？

堇青連忙把她的發現告知團子，團子卻對此並不驚訝：「這不出奇呀，畢竟小世界都是由小說影視之類所衍生，也許正好這個世界與妳的上一個世界，都是出自同一個作者呢！」

堇青恍然大悟，雖然覺得自己的名字被記錄在史冊中、成了歷史的偉人，感覺怪怪的，不過想到自己與戀人當年的努力沒有白費，堇青又覺得很激動。就是可惜戀人無法像她一樣名留青史，其實她能夠安心研究，都離不開戀人的背後支持。

得知兩個世界有關聯後，堇青對於了解這個世界的精神力便更有信心了。原主的精神力有A，算是很不錯的等級，現在芯子換成堇青以後，更是直接提升至最高的SS級，與帝國武力最強的任元帥並駕齊驅。

在這個世界中，人們移居星際後遇上各種強大的威脅，更多次出現滅族危機。危險的逼近使人類進化，讓人們對精神力的使用更加極致，他們研發出在宇宙作戰的機甲，利用精神力與巨型機甲同步，把機甲視作手腳般靈活操作。

只是長期驅動機甲，戰士們的精神力便會出現異常，可這一世卻不能像上一個世界般利用音樂來舒緩了，畢竟這麼做效率實在太低。在戰場上，誰有心情靜下心來欣賞樂曲與畫作呢？

於是隨著機甲戰士的誕生，也產生了精神力治療師這種職業。

與機甲戰士把精神力鍛鍊至充滿攻擊性不同，治療師的精神力很柔和，能夠爲機甲戰士調理變異的精神力。而且治療師還能夠把自己的精神力融入特殊藥劑裡，這些藥劑同樣能夠達到治療的功效，只是效果沒有治療師親自一對一調理這麼好。

一般爲了緩和精神力異變，治療師都擁有柔和的性子，偏偏原主被家裡寵得驕縱，在學校與同學們格格不入，人緣並不好。

再加上她沒有耐性，根本靜不下心來進行精神力舒緩的練習及研究藥劑，因此原主的精神力等級雖然有A，可治療師的實力卻只普普通通。

現在這具身體的芯子換成了堇青，先不說雙方精神力等級的差異，單是心性便不是原主可比的。堇青有信心，她能夠在治療師這個職業上大放異彩。

雖然堇青與任家結盟，可是她並不會把所有希望都放在任家上，畢竟只有自身的實力才是眞正屬於她的財富。

有了上一世致力研究的經歷，堇青對於精神力的運用可謂爐火純青。雖然到了這個世界，融合藥劑與精神力的治療師，與她前一世當音樂家時把精神力運用在音樂上，彼此之間有很大的不同。然而堇青有著原主學習煉製藥劑時的記憶，再加上她卓越的醫學天賦，且耐得住性子去摸索，很快便掌握了治療師應有的技能。

畢竟堇青前幾世還當過神醫呢！何況利用精神力治療，也與她當大祭司時的能力有點相似。以前多次穿越所累積的經驗與智慧，讓堇青做很多事情都能夠事半功倍。

堇家作為人類定居星際前便已存在的古老貴族，雖然權力日漸衰敗，然而所擁有的財富卻絕對豐厚，可以說是窮得只剩下錢了。

爲了方便原主學習，堇家直接在屋裡設置了一間實驗室，實驗室直接通連她的房間，因此堇青能夠足不出戶地進行實驗。在心裡回憶了一遍原主腦中有關治療師的記憶後，便興致勃勃地嘗試她來到這個世界以後的初次藥劑煉製。

這個世界的藥劑本身並不具備療效，這些所謂的「藥」，其實都是些能夠傳輸與保存精神力的特殊液體。精神力藥劑的製作需要很大的耐心與穩定性，只要原材料的混合、精神力的輸入有絲毫出錯，藥劑便會立即作廢。

仔細複習過原主的記憶後，堇青對於煉製舒緩藥劑有了不少想法。只是第一次親手煉製，她還是以穩妥爲主，跟隨著原主記憶中煉製藥劑的方法開始練習。

將材料融合，並且慢慢輸入精神力，眼看著藥劑快要完成，房外卻傳來堇母的河東獅吼：「小青！妳出來，妳今天對弟弟在胡說什麼!?」

聽到堇母的呼喊，堇青這才想起自己進實驗室時，忘記要屏蔽外面的聲音了。

幸好她有記得鎖門，不然堇母只怕已經闖了進來。

此時堇青的煉製已到關鍵時候，她完全無視堇母的叫嚷，專心繼續手上的動作，就連傳輸的精神力也沒有絲毫浮動。

幸好堇青能夠穩住，要是原主在煉製時出了這種事，只怕現在藥劑已報廢了。

當堇青完成了精神力的傳輸後，原本看起來平平無奇的藥劑頓時大變，灰暗的藍色變得清澈起來，裡頭還閃爍著無數銀色閃光，看起來就像把銀河收進了玻璃管中一樣。

雖然堇青只是依照原主記憶中的手法煉製，然而她不但手更穩、心更靜，而且還有著原主無法媲美的ＳＳ級精神力，成品可不是原主曾煉製的普通舒緩藥劑可比，這藥劑要是放上市場，必定是人人哄搶的珍品。

試驗了自己在這個世界的立身之本後，堇青滿意地點了點頭。覺得以自己在舒緩精神力及煉製藥劑方面的天賦，這一世也絕對有資本把這個小世界搞動得天翻地覆！

堇青心裡想著要搞事情，房外的堇母也沒有閒著，依舊叫嚷著要堇青出去。

堇青想了想，用光腦聯繫了任景鋒：「你答應與我合作，搭檔，用得著你的時候來了！」

這一次任元帥沒有再把她放置不管，很快便回覆了一個問號過去。

「江湖救急，快點過來對我的母親大人表示要娶我，把我從堇家帶走吧！」堇青提出要求後，便不再管任景鋒看到她的要求後有什麼反應，打開房門面對堇母的怒火。

第四章・嫁入任家

董母這段時間都快要被董青氣死了，雖然是他們故意把女兒往蠢的方向養去，覺得這樣好掌控，誰知道女兒太愚蠢也不是好事。至少聰明人會有更多的顧慮，不會像自家女兒這樣沒心沒肺地大吵大鬧。

自從皇室賜婚後，董青做的事情都成了上流社會的笑話。董家也因此受到牽連，偏偏董青還有用處，罵不得她只得哄著。董母覺得短短不到一個月，自己連白頭髮都變多了！

原本今天董青終於鬆口，不只答應了他們當間諜，以及刺殺任景鋒的要求，還積極地提出去任家與任景鋒培養感情。

董母心裡慶幸著女兒總算想通了，在女兒出發前往任家後，總算完成了任務的董母也高高興興地出門購物一番當慶祝。

誰知董母高興的心情維持不了多久，董青是不再鬧下去了沒錯，卻把事情告知了董煒。

結果她回家後，便變成了女兒不鬧，可兒子卻在鬧！

偏偏董煒很聰明，董母根本糊弄不了他，甚至還被他旁敲側擊到更多隱瞞著他的事情。

兒子是董母的心肝寶貝呀！他們沒有把這事情告訴董煒，一來是顧忌兒子的心情。畢竟董煒這孩子體貼又善良，他們不想兒子拿到藥劑後對董青感到歉疚。

二來，便是他們雖然已做了萬全準備，可也不敢說這次的事情會不會牽連到董家。要是某天董青事敗，任景鋒要撤查董家，至少董煒是真的全不知情。以任景鋒的脾性，不至於會與一個無辜的未成年孩子斤斤計較。

董母把算盤打得啪啪作響，將女兒賣個好價錢，兒子好處盡拿以後，什麼骯髒事都不沾。

誰知道董青竟然把這事情告訴了兒子！

現在董煒成了知情人士，而且這兒子還不明白父母的苦心，反而怪他們把姊姊往火坑裡推！

董母都委屈死了，女兒也是她身上掉下的一塊肉啊！她當然是心疼女兒的，只是相較於家族的榮耀及兒子的利益，女兒就不那麼重要了。

兒子責怪她，還嚷著不會要姊姊用命換來的精神力提升藥劑，卻不想想他們這麼做都是爲了誰！

堇母捨不得怪兒子，再想到歸根究柢都是堇青多嘴之故，便要找女兒好好教育一番。

堇青既然敢把事情告知堇煒，自然不怕堇母怪罪。她最看不起堇母這種當了婊子還要立牌坊的舉動，明明做著賣女求榮的勾當，還不讓人說，想在兒子心裡當個潔白無瑕的慈母。

哪有這麼便宜的事情！

「媽媽，要怪便怪阿煒他老是責怪我不肯嫁，我一生氣才說漏了嘴嘛！何況我說的是事實，又沒有說謊！」堇青打開房門後，便以一副大小姐的口吻天不怕地不怕地說道。

堇母聽到堇青的反駁，更是氣不打一處來。這女兒從小就不讓她省心，出嫁之前還鬧出這一齣，眞是氣死她了！

同樣也在房外的堇煒，見狀連忙攔在堇青面前：「媽媽，是我追問姊姊的，妳別怪她。」

堇青不待堇母再說什麼，又接著得意洋洋地說道：「任景鋒對我可滿意了呢！他還說今天晚些便接我去註冊，我很快便是任家人了。」

堇母這才想起他們一家的大計還等著堇青去完成，現在罵女兒一時爽，可萬一她又再鬧著不嫁，豈不是壞了大事？

看著堇母臉上一陣紅一陣白、鬱悶得快要得內傷的模樣，堇青心裡偷笑。她就知道現在堇母投鼠忌器，再生氣也不敢眞的與她計較。

正好此時，堇青剛剛才提及的任大元帥來訪了！

原本還在吵架的堇母與堇煒只得偃旗息鼓。堇煒再心疼姊姊，也知道堇家與皇室的圖謀是絕對不能讓別人知道的，不然堇家只怕會陷入萬劫不復之地。

至於堇母，更是一臉熱情地招呼初次踏足堇家的任景鋒。不知道的人，還以爲她對這個未來女婿多喜歡、多滿意呢！

任景鋒雖然不知道剛剛發生了什麼事，但看堇青這麼急著找他，便猜測對方在堇家只怕是不好過。不過想想也對，疼愛孩子的父母，又怎會忍心讓女兒去執行那種九死一生的任務呢？

任景鋒瞬間想像出不少堇青在堇家有多可憐、多委屈的畫面，對她的態度不禁和緩了幾分，亦依照堇青所要求的，乾脆俐落地表示要帶走堇青。

堇母原本還不相信堇青的話，畢竟任景鋒之前的表現，實在不像滿意這場婚姻的樣子，可現在見對方急著要與堇青註冊成爲夫妻，堇母卻不得不信了。

以堇母個人看來，他們堇家嫁女兒是大事，這麼倉促結婚，連婚禮也沒有，像什麼模樣？可是她隨即又想到這次結婚背後的目的，堇青這個間諜愈早深入任家對他們來說愈有利，便微笑著同意了。

堇煒的嘴巴動了動，臉上滿是掙扎，然而直至堇青跟隨著任景鋒離開堇家，他也沒有說出任何挽留堇青的話。

堇青離開時回首一看，便見堇母與堇煒之間的氣氛非常僵，再也不見以往母慈子孝的模樣，不由得勾起了嘴角。

接下來堇青便要到任家了，現在暫時還不方便動堇家。離去以前，堇青是故意挖個坑給堇父、堇母的。

雖然堇青可以預見無論堇煒再怎樣鬧，最終還是只能妥協，但這段時間也足夠把堇家弄得雞飛狗跳，想想就高興！

堇青本以爲現在已經是星際時代，婚姻註冊用星腦在網上登記就好，誰知道原來還要親自到登記處註冊，不禁有些訝異。

看出堇青的驚訝，任景鋒垂首看著他這位未來的妻子，問：「怎麼了？」

堇青心裡的想法也沒什麼不能說的，便告訴了對方。

任景鋒聽著堇青這種稱得上是無知的疑問，心裡想著不愧是大小姐，就連這種已是常識的事情也完全不知道，邊爲她解惑：「這是從母星流傳過來的傳統，要是連親自到登記處註冊都不願意，又怎能期待這對新人會在婚姻中付出呢？」

菫青聞言點了點頭，也就是說重要的是儀式感？

這個世界的婚姻註冊過程與地球有些像，就是在職員的見證下宣誓與簽名就可以了。因爲事情來得突然，二人連交換戒指的環節也省下了，只是宣誓並簽名，便把事情解決。

菫青在不同的小世界經歷過多次與戀人的婚禮，即使是條件最爲惡劣的末世，他們的婚禮也是非常盛大的，獲得了眾多祝福。

這次突然這麼簡陋地簽了一個名字便完成，菫青倒沒有覺得生氣或者委屈，反而感到有點好笑。如果任景鋒眞的是她正在尋找的戀人，那麼這人只怕在以後會爲此事而後悔莫及吧？

註冊以後，菫青與任景鋒便是具有法律效力的合法夫妻了。她沒了回菫家的必要，跟隨著任景鋒來到任家。

當菫青踏進任家時，任家的所有成員早已等候多時。他們今早才得知任景鋒決定迎娶堇青，以及堇家與皇室的陰謀。想不到事情還未完全消化，任景鋒收到一則通訊後離開，接著便把人娶回來了！

可憐任家人還不知該以怎樣的態度面對堇青，對方就已登堂入室。可無論他們對堇青有什麼想法，至少現在人家是任景鋒名符其實的妻子，以任夫人的身分來到任家，他們總要鄭重對待的，因此任家人都很給面子地全員在大廳等候他們回來。

反而是堇青看到這麼多人等待他們，露出了訝異的表情。她很清楚現在她與任景鋒只是合作關係，還以爲任景鋒把她安置到任家便作罷，想不到任家人竟然這麼認眞地看待他們這次的婚姻。

堇青忍不住小聲對任景鋒道：「你的家人似乎很怕你娶不到老婆呀，大叔。」

這一世堇青十八歲，任景鋒二十八歲，二人的年齡足足相差了十歲，但也不到差了一輩的歲數，只是這足以讓堇青取笑對方老牛吃嫩草了。

任景鋒完全無視堇青的取笑，領著她走到任家眾人面前，簡潔地介紹：「她就是堇青。」

堇青無奈扶額：「元帥大人，你可以別廢話嗎？我相信大家都知道我是誰。」

身為任景鋒的未婚妻，堇青相信任家人之前早已打探過她的事情了，任景鋒這番介紹，還能夠再走心一點嗎……

「好好！回來就好，先坐下吧！」任母是個慈祥的女性，也是任家最期待任景鋒娶妻生子的人。雖然明知堇青與任景鋒這次的婚姻只是場合作，可任母還是不由得用看媳婦的眼光對待堇青。

相較於任母，任家的另外兩名男性成員——任父與弟弟任景奕——則更加理智，對堇青的態度亦更為冷淡，看著她的眼神帶著強烈的審視。

只是讓他們感到意外的是，堇青眼神清明，雖然帶著一身被寵壞的大小姐嬌貴之氣，但似乎並沒有他們所打聽到的那麼差勁。

不過他們仔細想想，堇青被堇家與皇室利用後，當機立斷選擇投靠他們，還去找任景鋒談條件，也算是個有膽色的奇女子了。這樣的一個人，會像外界謠傳的那樣沒腦子嗎？

至於任景鋒的妹妹，任景瑤，則像隻看到貓的老鼠，畏縮地躲在父母身後。

菫青見狀挑了挑眉：「妳這是什麼態度？我好歹是妳的恩人吧？」

任家人都知道菫青曾在外面欺負過任景瑤，想不到他們不主動提起，菫青反倒還厚著臉皮以恩人自居，眾人聞言皆皺起了眉。

任景奕年輕氣盛，聽到菫青的話立即沉不住氣嘲諷：「我還從不知道小瑤什麼時候多了個恩人。」

菫青冷哼了聲：「前幾天的宴會，要不是我攔著，你的妹妹已經被雷克斯欺騙感情了。」

聽到菫青的話，任景瑤頓時羞得滿臉通紅，任景奕則一臉不信地質疑道：「雷克斯長相英俊，在軍隊位高權重，以年輕一輩來說只僅次於大哥，可說是青年才俊的典範。難道菫小姐妳不是因爲愛慕雷克斯，嫉妒他喜歡妹妹，這才欺負她嗎？」

任景奕說到「菫小姐」三個字時語氣特別嘲諷，反正自家大哥與這個壞女人結婚只是權宜之計，他才不喊這人大嫂呢！

堇青「呵呵」了聲，隨即把早已準備好的資料傳給任家人：「收一收資料吧，就當是見面禮，不用太感謝。這青年才俊可一直想著要把任景鋒拉下馬，好取而代之呢！」

堇青給他們的，正是那些她所知道的站了皇室那邊、參與對付任家人的名單，其中雷克斯的名字赫然在列。

最令任家人感到震驚的是，這份名單中，竟然還有一些是他們任家這邊的人！雖然這些人都只是一些任家下層工人或者士兵，以那些人的身分根本無法接觸到核心機密，每個家族或多或少都有這種人存在。

然而能夠找出這些資料並不容易，要是她這份名單正確無誤，那麼堇青還真的讓他們刮目相看了。

其實堇青雖是堇家派來竊取情報及暗殺任景鋒的人選，可自從她被選上的那天，便等同於被堇家放棄了。堇家嘴上說會保護她，然而心裡想著的卻是出事時怎樣與她撇清關係。因此像堇青這種棄子，他們理所當然不會讓她知道太多的事情。

堇青之所以能夠提供這份人員名單，完全歸功於團子。穿越過來後，團子被堇青派去監視皇室與堇父，正好皇室正在開會商討怎樣對付任家，結果團子不足半天便獲得了大量機密資料。

這還只是資料的一部分呢，東西太容易得手便會顯得廉價，堇青打算把資料作爲她辛苦打探出來的情報分幾次交上，這也更能顯示出她的價值，以及最大程度獲取任家的好感。

當然，堇青也不會爲了邀功而誤了大事，那些被她扣起不發的情報雖然重要，但並沒有迫切性。至於像內鬼這種難防的暗箭，堇青則早早便把名單交給任家人，好讓他們有所提防。

看著名單上的一個個名字，任家人皆感到心寒。他們自問對帝國鞠躬盡瘁，想不到暗地裡竟然有那麼多人想著要置他們於死地！

這份名單的曝光，更加深了任景鋒把皇室扳倒後取而代之的決心。只有自己足夠強大，才能把這些人的心思壓倒，才能更好地保護自己與重要的人！

因爲堇青交出的這份資料，原主之前欺負任景瑤所帶來的負面影響被她輕易消除了，甚至還帶來了任家人的感激。

畢竟雷克斯的條件眞的很不錯，要是沒有堇青的警告，被他處心積慮地接近，說不定任景瑤眞的會與他在一起，到時候又不知道還有什麼陰謀等著他們。

任家眾人並不確定這份名單的眞僞，然而有了戒備之下，用心觀察還眞的讓他們察覺到不尋常之處，甚至發現幾個間諜暗地傳消息出去。

這驗證了堇青提供的消息的眞僞，只是他們並沒有去動這些人。畢竟清除了一批間諜，誰知道什麼時候又有新的填補進去？倒不如留下這些已經暴露身分的人，對任家來說還比較有利。

證明名單眞僞後，任家對堇青也有了一定程度的信任，對她的態度表現得和緩多了。

堇青與任景鋒的聯姻帶有目的，二人對外都是做做樣子而已，自然不會眞的睡在一起。任家替堇青另外安排了一間房，並且詢問堇青對住處有什麼要求，堇青便讓他們為她打造一個實驗室。

堇青的要求對財大氣粗的任家來說只是一件小事，在這個科技先進的世界，任家只花了半天便完成堇青要求的實驗室，從此堇青便開始了在任家的生活。

原本任家人聽說過不少堇青難相處的例子，還作好了對她多加容忍的心理準備，誰知道自從堇青嫁到任家後，除了吃飯時會出現，其他時間根本就見不著她。

她不是躲在房間裡，便是待在實驗室，不光足不出戶，就連學校也不上了。

任景鋒一直讓人監視著堇青，原本還想著萬一對方不是誠心與他合作，日子久了總能找到她的把柄。誰知堇青竟然這麼宅，聽到監視她的人說她這天又是關在實驗室裡沒有出去，忍不住感到不可思議。

任景鋒之前調查過堇青，她就只是個尋常的貴族小姐，不只一點兒也不宅，而且還挺享受逛街買買買的樂趣，亦定期會至美容院美容。然而堇青嫁到了任家後，卻變得這般自閉，怎樣想都覺得不尋常。

「你覺得她在想什麼?我家又沒有關著她。」任景鋒皺起了眉頭道。

負責監視堇青的部下想了想，道：「也許是因爲沒有安全感吧?堇小姐孤身一人來到任家，我猜她也知道大家還沒信任她。因此堇小姐只能少出現在大家面前，以免引起誤會。」

如果是以前，任景鋒得知堇青這麼識相，應該會覺得很滿意才對。然而不知道爲什麼，聽見部下的分析，任景鋒竟覺得有些心疼。

想到那個意氣風發的貴族千金，因爲嫁進他家而變得委曲求全，只能把自己關在房間與實驗室裡足不出戶，就連學業也放棄了，只是因爲怕引起任家的警戒與不滿，任景鋒便覺得心裡很不是滋味。

雖然他與堇青的婚姻只是合作關係，可是他既然娶了她，那這段時間任家便有照顧堇青的責任。即使他無法完全信任對方，但也沒有讓她受委屈的道理。

不知不覺間，任景鋒對堇青的感情複雜了起來，他決定這天晚飯後與堇青好好談談。

第五章・元帥的溫柔

同樣覺得堇青大受委屈的不只任景鋒一人，基本上無論是皇室、堇家的人，還是那些愛看豪門八卦的吃瓜群眾，全都不看好堇青與任景鋒這場婚姻，覺得堇青嫁到任家絕對沒有好果子吃。

任景鋒身為帝國元帥，竟無聲無息地便與堇青註冊結婚了，別說結婚典禮，連親戚朋友私下吃頓飯也沒有，這絕對是把堇青的顏面丟到地上再狠狠地踩上兩腳！

有很多人同情堇青，可是更多的卻是看熱鬧不嫌事大的人。星網上更是充斥著有關元帥夫婦的討論，還上了好幾天熱搜。

這種豪門八卦最讓人津津樂道，很多人都在猜測堇青現在的生活過得有多悲苦。原主脾氣差，人緣本就不好，不少討厭她的人，以及覺得堇青配不上元帥大人的人們，都覺得解氣無比。

堇家那邊也猜測堇青的處境不妙，擔心她按捺不住脾氣被任家趕出去，堇母多次聯絡堇青懷柔勸導。話裡話外的意思都是堇青要忍辱負重，記著家族把她養大、並給予她優渥生活的恩情，既然享用了家族給予的利益這麼多年，便應該在必要時爲家族犧牲。

原主從小被家裡這麼教育著長大，對這種觀念深信不疑。然而堇青嘴巴附和著，卻在心裡對此嗤之以鼻。

堇青覺得這種想法真是不可理喻，偏偏還有不少父母把這些視爲眞理。覺得既然我把你生下來，還花錢把你養大，那麼聽父母的話過生活才是「孝順」。

孩子不能決定自己的出身，亦無法決定自己會不會被生下來，既然當父母的決定要生小孩，那麼用最好的資源將孩子養大不正是父母應有的責任嗎？憑什麼養大孩子後便要掌控他們的人生，以親恩來要挾他們做事!?

每次堇母聯絡堇青，苦口婆心地勸告她要忍耐，堇青都聽得要翻白眼了。可是堇青又不能反駁或者不與她聯絡，只能默默忍耐著。

正所謂「不在沉默中爆發，就在沉默中變態」，堇青親身感受到這番話還是很有道理的。堇母眞的好本事，因爲她都快要被對方煩得要變態了！

既然堇青心裡不爽，那麼她便想令讓她不爽的人更不爽。於是這段時間堇青打探情報特別積極，還替任家多次傳了虛假情報回去擾亂他們。

至於星網那些民眾的發言，堇青則當閒暇時的娛樂了。不只沒有放到心上，還看得挺高興的。

任景鋒這段時間因爲新婚及養傷，一直留在任家，只是身爲元帥，工作其實很繁重的，雖然不用回軍隊，可是在家裡仍有不少決策需要他做決定。

這個時代的醫療技術已經很進步，不少傷勢只要躺一會醫療艙便能治癒。任景鋒傷勢雖重，但經過治療後已迅速恢復。接下來只要充分休養，讓他的精神力與身體恢復到全盛狀態後，便是時候回軍隊了。

這天晚飯後，任景鋒喚住了想要回房的堇青：「堇小姐，我想與妳談談。」

堇青點了點頭，隨即又想起什麼般，說她要去取些東西，一會兒到書房找他。

見堇青離開後，任景瑤拉了拉任景鋒的衣袖，輕聲說道：「大哥，你好好開導一下堇小姐吧！她太可憐了。」

任景鋒愣了愣：「怎麼了？」

任景瑤道：「前幾天堇小姐在上星網，當時我無意間看到了螢幕，她在看網上那些對你們婚姻的評論。後來我特別注意了下，發現每天晚飯前的時間，堇小姐都在追蹤相關留言……」

任景瑤素來心善，雖然對與堇青的合作還有所顧忌，只是在對方還沒做出任何對任家不利之事的前提下，任景瑤覺得讓她因爲這場婚姻而承受這麼大的壓力，對堇青實在很不公平。

何況經過查證後，雷克斯及他的家族的確在背後小動作不斷，果然如堇青所說般想毀了任家並取而代之。任景瑤感激當時堇青的提醒，因此心裡對她的印象大大改觀。

這次的事情任景瑤幫不上忙，於是她便告知了任景鋒，她知道兄長會好好處理的。

任景鋒聞言沉默了，他也知道網上對二人的婚姻有著各種不同的揣測，許多人說的話更是充滿惡意。任景鋒本以爲堇青與他一樣，對這些事情並不在意，想不到對方每天都在默默追蹤觀看。

在他們的婚姻中，堇青無疑是弱勢的一方，任景鋒無論身分還是在民眾間的威望都比她強多了。因此二人婚姻不和，那些惡意評論幾乎一面倒地攻擊堇青。

任景鋒想到堇青明明很介意，卻自虐般地不停關注網上嘲笑她的留言，其中不少帶有惡意的話語，更是出自那些仰慕他的人，他便感到很抱歉。

他揉了揉妹妹的頭髮，道：「我明白了，這事情我會好好處理的。」

很快地，堇青便進入了任景鋒的書房。

任景鋒假咳了聲，有點不自在地道：「堇小姐，妳來到任家後可以像往常那樣生活沒關係，沒必要爲了遷就我們而委屈自己。」

堇青心裡暗暗好笑，假裝一副不明所以的模樣。

任景鋒見對方領會不了他的意思，便續道：「我們並沒有禁錮堇小姐妳的打算，家裡除了房間與書房這些私人空間外，其他地方妳都可以自由活動。要是妳想離開任家，也可以隨意出入。」

堇青露出恍然大悟的模樣，隨即黯然垂下雙目：「還是不了……我知道我的身分很敏感，我不想惹起你們的猜疑。」

堇青才不會告訴對方她之所以不出門，除了因爲現在她很出名，懶得被人當猴子看以外，也是因爲她在忙著試驗新的藥劑。

有時候適當地示弱，能夠在推動一段關係中產生很不錯的效果。

看到堇青失落的神情，完全沒有以往大小姐的氣焰，那頭熱情如火的紅髮也彷彿變得黯淡下來似的，任景鋒再次生起想要好好安慰她的心情。

任景鋒壓下心裡的悸動並皺起了眉，他不知道自己爲何會變得這麼容易心軟，不想、亦不敢深究下去。現在是任家生死存亡之際，他不希望因爲自己控制不住感情，而令計畫生出意想不到的變數。

然而很多時候，人的感情不是說要壓抑便能壓抑得了。當任景鋒會因爲堇青的遭遇而心疼、開始關注她時，便已註定堇青在他心裡逐漸變得有所不同。

看到堇青失落卻又強顏歡笑的神情，任景鋒忍不住再次被她牽動了情緒。他想到這女孩已經被家裡傷得遍體鱗傷，難道現在嫁到他們任家，還要受到這不公平的對待與欺壓嗎？

任景鋒沉默半晌，詢問：「星期天妳有沒有時間？我要出席一場宴會，妳作爲我的法定妻子，希望妳能夠一同出席。」

這次的宴會是任母的一個閨蜜的生日，平常一向是任景瑤陪同任母出席，任景鋒是不會去的。

像這種上流社會的社交性宴會，任景鋒一般不會出席，這次只是想找個機會帶堇青出去，讓別人知道他是重視堇青的，好打破外界那些充滿惡意的猜測。

堇青猶豫片刻，隨即盯著任景鋒詢問：「那天我有空，只是這樣好嗎？我很感激你想幫忙的心情，只是你帶著我出席宴會的話……要是我們離婚後各自婚嫁，你不怕將來的妻子會介意嗎？而且你放心，網上那些評論再怎樣攻擊我，我也不怕，既然我們的婚姻只是一場合作，在提出結盟時我對此早就有了心理準備。」

聽到堇青提及二人將來會離婚，而且還會嫁給自己以外的人，任景鋒心裡突然有些不舒服。他不知道自己是不是對眼前的少女由憐生愛，只是他實在做不到把她拱手讓人。

任景鋒知道，他已經不能再自欺欺人了，不知道從什麼時候起，他對堇青心動了。

如果因爲自己的退縮，而讓他失去了喜歡的人，任景鋒知道自己將來一定會後悔此刻的卻步。然而到了現在，他對堇青仍有許多不確定，選擇向堇青敞開心扉的風險，不亞於進行一場豪賭。

任景鋒垂首看著仰望他的少女，堇青的眼神堅定又倔強，彷彿有再多的苦難也無法擊倒她。即使被家人利用、放棄，可是她眼中的光芒依然沒有熄滅，耀眼得不可思議。

任景鋒感受著脫軌的心跳，卻不動聲色地說道：「這些妳不用擔心，既然我答應與妳合作，便斷沒有讓妳被欺負的道理。何況妳既然現在是我的『妻子』，那麼很多須要攜眷出席的場合也需要妳同行，妳不用多想。」

堇青聞言點了點頭，道：「我明白了，放心交給我吧！我會好好扮演元帥夫人的角色，不會讓元帥大人你丟臉的！」

任景鋒頷首，隨即又道：「往後我們會有很多出現在人前的機會，我們先改一下稱呼。另外，我也會跟家人溝通，以免外出時露餡兒。」

堇青眨了眨眼睛，試探著詢問：「那麼我以後喚你……景鋒？」

聽到堇青呼喚自己的名字，任景鋒心裡一蕩，語氣不由得和緩了幾分：「阿堇。」

堇青霍地抬頭，正好看見任景鋒紅了起來的耳朵，搭上那張完全看不出情緒的嚴肅臉龐，在堇青眼中特別有喜感。

熟悉的稱呼、熟悉的反應、來自靈魂的熟悉心動……

堇青勾起了嘴角。

找到你了。

原本堇青還考慮著要不要這麼快把自己的底牌亮出來，可既然確定對方是自家戀人，即使任景鋒沒有前幾世的記憶，可是堇青還是相信戀人是不會害她的。

於是她便把放在口袋裡的小玻璃瓶取出，交到任景鋒手裡：「謝謝你的邀請，這是我新煉製的藥劑，送給你當回禮，到時候記得好好與我秀恩愛喔！」

說罷，堇青向他拋了一個媚眼，便離開了書房。

任景鋒毫無準備地被撩到了，他想著明明堇青之前還很怕他的，不知什麼時候起，變得這麼大膽呢？

不過這種感覺……不討厭就是了。

堇青獲得了宴會的邀請，自然要準備出席當天的服裝。

不過這些並不用她費心，任家自會爲她安排。只是堇青眼珠一轉，卻聯絡了堇母。

至於原因，當然是要借錢了！

畢竟堇青離開家裡時什麼也沒有帶走，堇家連嫁妝也沒有給。現在堇青難得以元帥夫人的身分出席宴會，正好有藉口從堇家那裡挖一筆錢。

「媽，妳也知道現在網上的人把我說得多難聽，任景鋒又不是會注意這些小事的人，我求了很久才求得他陪我去宴會。可是我沒有錢買禮服，妳給我些錢吧！任家的化妝品都不適合我，還有髮型與鞋子……」

一旁的團子聽著堇青睜著眼睛說瞎話，不由得大呼666！

堇青憑著三寸不爛之舌，成功從堇家那裡獲得一大筆資金。當然任家並不是像她所說般讓她自己打點，反而早就爲她安排好一切了。這些錢堇青打算收起來當零用錢，反正錢不嫌多，堇家的錢更是不要白不要！

只是堇母再三詢問任景鋒是否會出席宴會的模樣，讓堇青感到有些異樣，便提醒團子要多注意堇家的情況，有什麼異狀立即告訴她。

果然不久後團子便告訴堇青，堇母在與她結束聯絡後，立即把任景鋒會出席宴會一事告知了堇父，隨即堇父便與皇帝會談了一番。

可惜堇父與皇帝是以精神力直接進入星網會談，團子並不知道他們談論的內容，但可以肯定對方絕對不懷好意。

堇青立即把此事告知了任景鋒，讓他們對接下來的宴會多加小心後，便沒有她什麼事了。

雖然不清楚敵方那邊的詳細布署，但在任景鋒有所準備之下，吃虧的一定不會是他們。

堇青只要去看戲，順道把那些對她的婚姻說三道四的人啪啪啪打臉就好！

當天，堇青他們早早便爲晚上將要出席的宴會做好準備。

男士們忙著各種布署，女士們則忙著梳妝打扮，以最亮眼奪目的姿態示人。

這次的宴會，堇青顧忌自己已爲人妻的身分，並沒有像原主平常出席宴會時，以超低胸的性感裝扮亮相，而是挑了一件款式華麗的露背禮服，既不讓人覺得低級地露肉，卻又突顯出她美好的身材。

禮服的上半身是貼身的剪裁，下半身則是長長的傘裙。因使用了特殊的布料，輕薄而不顯累贅，完全不會阻礙她的行動；若把裙襬挽起，奔跑也絕對不成問題。這點讓堇青感到很滿意，覺得這布料完全對得起它高昂的價錢。

任母與任景瑤的禮服也是使用同一種布料，畢竟一會兒的宴會還不知道會發生什麼事情，能夠靈活活動非常重要。

這一次任母與任景瑤的禮服有別以往的簡潔樸實。任母禮服的主色雖然依舊淡雅，卻在一些地方多了些別出心裁的裝飾，讓整體造型明亮了起來。

至於任景瑤的禮服，則不選以往她最喜歡的純白，改爲更符合她年紀的暖色系，腰間的絲帶花更有畫龍點睛之效，讓她看起來甜美可人。

其實任景瑤之所以總是穿得這麼素潔，主要是從小受到了任母的影響。然而那種搭配穿在任母身上顯得高雅，對任景瑤這種花朵般年紀的少女來說卻顯得過於寡淡了。

任景瑤年輕不懂穿搭，任母則是軍醫出身，覺得衣服整潔就好的觀念根深柢固，本就不擅服裝搭配。至於任家三個男的，就更加不懂其中的分別了。

因此任家母女出席宴會時，一直都是以端莊打扮示人。任母還好，可是任景瑤卻未免顯得老氣。

現在她換了一身造型，充分展現出這年紀少女特有的青春氣息，粉嫩嫩的甜美可愛。任母的禮服亦沒有了以前給人的寡淡感，精緻又美麗。配以兩人恰到好處的髮型與妝容，讓任家的三位男性都看呆了眼。

尤其是任父，結婚這麼多年，他以爲已經很了解自己的妻子，想不到任母還有這麼嫵媚的一面。害他都想把後勤指揮工作全部丟給自家二兒子，陪同任母一起出席宴會了！

接收到任家三男的驚艷目光，任母與任景瑤覺得有點害羞，但心裡又暗暗高興。堇青上前走到兩人中間，一左一右地分別挽著她們的手，向任景鋒等人笑道：

「看呆了吧？是不是覺得母親與景瑤超美的？」

自從答應更改對任景鋒的稱呼，以免不小心露餡兒以後，任家眾人與堇青之間的稱呼也隨之做出改變。與稱呼同樣變得親近的，還有彼此之間的關係。

雖然任家人對堇青的信任仍有所保留，可是他們不會故意爲難她。這幾天因爲要準備宴會，堇青與任母等人的接觸多了，彼此間也親近了起來。

堇青身爲大明星，對於穿搭自然有自己的一套想法。憑她的眼光，輕易便找出了最適合任母與任景瑤的衣著風格。

任母微笑著輕輕拍了拍堇青挽著自己的手，對任父道：「全靠小青給了我們不少意見，原來我們打扮起來還滿好看的。」

任父笑道：「很好看，我都想跟著妳們一起去宴會了。」

任景奕慌忙阻止：「不，父親你可別把我丟下！今天還不知道皇室會出什麼大招呢，我怕自己應付不來！」

正所謂薑還是老的辣，任父雖然因爲精神力受損而從戰場前線退下，可也比還未經歷過眾多磨練的任景奕強得多了。有他在身邊，任景奕便覺得任家有定海神針

在，敵人出怎樣的陰謀也不怕。

任景鋒聽著家人的玩鬧，眼神卻捨不得從堇青身上移開。

這是他第一次看到堇青盛裝打扮的模樣，竟是如此美艷動人。也難怪她以前出席上流社會的宴會時，經常被稱爲「最美的紅玫瑰」了。

察覺到任景鋒的視線，堇青舉步來到他身前轉了一圈：「好看嗎？」

任景鋒依然一臉嚴肅，然而眼中的驚艷已經出賣了他的心情。他也很坦率地回答：「好看。」

堇青笑咪咪地上前挽著他的手臂，仰首笑道：「那就好了，這次我必定要艷壓全場，把那些嘲笑我的人狠狠打臉！」

第六章・宴會遇襲

若說任景鋒是武官之首，那麼張家的現任當家張明深，便是帝國的文官之首。

在古代，文臣武將總是互看不順眼，然而到了星際時代，倒是相處融洽。也許是因爲張明深的妻子與任母是從小一起長大、感情超好的閨蜜；再加上張明深還與任景鋒一樣都是平民出身，很看不起那些明明對人類沒有絲毫貢獻，卻過著靡爛生活、混吃等死的貴族。

雖然皇室對張明深同樣恨得牙癢癢，只是「秀才造反十年不成」，對皇室來說，終究是擁有軍權的任景鋒才是他們急須打壓的對象。不過可以肯定的是，要是任景鋒被皇室拉下馬，那麼張明深下台也是遲早的事情了。

因爲有了共同的敵人，本就相處得不錯的任家與張家更是親近幾分。每年任母都會出席張夫人的生日宴會，只是這一次連任景鋒也出席，倒是頭一遭。

當董青等人進入宴會廳時，立即便引來了眾人的注視。

尤其是艷光四射的董青，不僅沒有別人所想像的頹廢，反而散發一種以前所沒有的氣勢，仿如一朵燃燒著火焰的紅玫瑰般火辣又艷麗，讓一眾男士看著心裡炙熱起來。

至於被她挽著手臂的任景鋒，穿著一身禮服，比起他穿著軍裝時，給人的又是另一種感覺。然而任元帥無論怎樣的裝扮，都無損那身凜冽的氣勢。

任景鋒的眼神一如以往般冰硬，然而在看向堇青時卻柔軟了下來，讓一眾圍觀的人心裡大呼不可思議。

「到底是誰說堇青嫁到任家後必定不好過？我看她分明過得很好嘛！」

「就是，一個人過得幸不幸福是裝不出來的，至少她出嫁後過得不比在堇家時差。」

「嚶嚶嚶，我也很想挽著任元帥的手臂呀！」

「別作夢了，人家可是名草有主。」

「你說會不會他們只是在裝……」

「以任元帥的性格，又怎會故意與堇青裝親熱？他必定對堇青有好感，才會願意與她一同出席宴會。甚至他也許是爲了堇青，才出席這場生日宴，要知道以前都是由任老夫人當代表的。」

「而且你們忘記了嗎？前陣子星網不是有很多人說了堇青的壞話，結果那些把話說得特別難聽的人，都被任元帥告上法庭了。」

「對對！聽說是任元帥親自處理的，侮辱軍人家屬、在星網上造謠生事，這罪名可大可小。要是嚴格處理的話，可不是賠錢便能了事的。」

「既然元帥大人都親自提告了，顯然不會輕輕放下。那些人之中還有不少是元帥的愛慕者，元帥大人還眞是不留情面啊……」

「話也不能這麼說，他們嘲諷的可是元帥夫人。自己的妻子被人這麼說，元帥大人自然要維護她的。」

「我也好想被人這麼放在心上，不過他們站在一起還眞登對。」

「對對！雖然堇青就只是個普通的治療師，不過單以家勢與相貌來說，還是與任元帥很相配的……」

眾人討論的聲音很小，然而堇青有團子幫忙監聽，自然知道他們談話的內容。

堇青也是到了此時才知道，原來任景鋒默不作聲地便把那些在網上嘲諷她的人給告了。

難怪這兩天那些嘲笑她的言論從星網上消聲匿跡了，雖然少了個娛樂，不過戀人在背後爲她出氣，堇青還是很受用的。

在宴會中同樣注視著堇青的，還有她的前男友雷克斯。

其實雷克斯滿喜歡堇青的，畢竟堇青與他門當戶對，而且長得美，在帝都星還有許多她的愛慕者。帶著她參加宴會，看著別人羨慕嫉妒的模樣，特別有虛榮感。

然而這種喜歡都只是因爲堇青可以帶給他利益與虛榮，遠遠及不上自身獲得好處的誘惑。因此得知皇室與堇家有意讓堇青嫁給任景鋒，並且下令讓她找機會把人幹掉後，雷克斯便立即與堇青分手。

雖然覺得有點可惜，但同時雷克斯又生出一種隱約的興奮，覺得任景鋒「搶」了他的元帥之位又怎樣，對方妻子心裡愛著的人可是自己呢！

想到能讓任景鋒戴綠帽，雖然只是精神上的，但已足以讓雷克斯沾沾自喜。

因此他萬分期待這天的宴會，即使明知皇室在這場宴會中設置了針對任景鋒的殺局，他還是親自到了現場，便是想親眼看看堇青這個明明已經嫁給了任景鋒，卻在心裡深愛著自己這個求而不得的前戀人的模樣。

自從與堇青分手後，雷克斯經常與朋友們炫耀堇青依然對他情深不悔。因此這天不只雷克斯，那些與他關係不錯的朋友都滿心期待，一副看好戲的樣子。

誰知堇青來到宴會廳後，不僅與任景鋒舉止親密，還完全無視雷克斯的存在。誰都看得出堇青並不是在強顏歡笑，而是真的對雷克斯這個前任毫不在意。

雷克斯臉都黑了！

他的朋友們面面相覷，原本想來看任景鋒被戴綠帽的好戲，結果看來……被戴綠帽的人卻反而像是雷克斯似的……

不是說堇青愛他愛得死去活來、完全不想嫁給任景鋒的嗎？

雷克斯的朋友互相交換了眼神，都覺得求而不得的人只怕是雷克斯。因此在堇青出嫁後才這麼誣蔑她，誰知道會被啪啪打臉。

雷克斯看著彷彿比以前更加艷光四射的堇青。她是這麼地艷麗高雅，就像朵高貴的紅玫瑰，反觀自己身旁的女伴，與堇青比較下，卻像朵路邊不起眼的野花，完全不能比。

雷克斯突然有種自己的珍寶被人搶去的感覺，他現在很後悔當初就這麼輕易放手。至少與堇青在一起的時候，他就應該多花些心思把人騙上床。

看到任景鋒與堇青現在過得這麼好，雷克斯滿心嫉妒，還有一種強烈的屈辱感。然而他隨即想到這次的計畫，即使殺不了任景鋒，也必定讓他脫層皮，心裡頓時又高興起來。

堇青並不知道自己什麼也沒有做，便已令原主的前男友大受打擊。此時她被任母帶著向這天宴會的主角，也就是張夫人道賀。張夫人看到任母與任景瑤與平常不同的妝扮時雙目一亮，興致勃勃地與她們談論衣著打扮。

得知任家母女的禮服都是由堇青挑選後，張夫人便轉而向堇青請教。就在雙方氣氛融洽地討論穿搭之際，團子的警告聲隨之響起：「青青，小心！皇室要把蟲族放進來了！」

堇青聞言，差點兒忍不住罵人了！

這是首都星！就像是以前地球上國家首都般的存在，居住著人類最頂尖菁英的地方！

更別說這場宴會聚集了帝國中不少重要人士，許多賓客都是位高權重的有能之士，要是那些人出現傷亡，對帝國來說絕對是極大的損失！

皇室是瘋了嗎？為了殺死任景鋒，竟然做到了這種程度！

「怎麼了？妳不舒服嗎？」這是堇青第一次以元帥夫人的身分出席宴會，任景鋒在打量著宴會廳的情況之餘，也分出心神關注著堇青的情況。他立即察覺到堇青的不妥，大步流星地來到了她的身邊。

堇青連忙把任景鋒拉到一旁，一臉慌亂地小聲說道：「剛剛媽媽在光腦私訊我，叫我找機會躲起來，他們要把蟲族放進宴會廳！」

堇母當然不會這麼好心提醒她，只是堇青不能把團子的存在說出來，這樣說是最簡單的了。

任景鋒的想法與堇青一樣，覺得皇室簡直瘋了！竟幹出這麼喪心病狂的事情！

只是現在不是追究這些的時候，最重要的是先度過這次危機。

至於那些不把人命當一回事的當權者及其幫凶……任景鋒眼中閃過一絲凶狠的光芒，他絕不放過那些人！

得知對方打算利用蟲族，任景鋒首先想到的並不是怎樣把蟲族放進來，而是宴會廳這麼多人，皇室怎能確定蟲族會在眾賓客之中，把他們想要殺的人殺死？

但至少可以肯定，蟲族闖入宴會廳後，應該會以自己爲首要的攻擊目標。

任景鋒環視四周，此刻宴會廳歌舞昇平，一眾賓客並不知道危險正在逼近。任景鋒暫時發現不到異樣，卻在眾人之中看見一道熟悉的身影。

心裡有了想法，任景鋒舉步往雷克斯走去。

此時雷克斯正打算找個角落安靜待著，他與早已成爲棄子的堇青不同，身爲幹掉任景鋒後將取代他位子的元帥候補，雷克斯可比堇青得皇室重視得多了。

因此他知道不少堇青不知道的祕辛，比如這次對任景鋒的刺殺，雷克斯便很清楚其中的內幕。

雷克斯帶著滿滿的惡意前來，除了打算親自觀賞任景鋒與堇青的不幸婚姻外，還想親眼目睹對方被蟲族撕碎的一刻！

只是雷克斯也很清楚，目前他們對於控制蟲族的研究還在初步階段，雖然研發出吸引蟲族的氣味，並成功把這氣味沾染到任景鋒身上，可以確定攻入宴會廳的蟲族會以任景鋒爲第一目標。然而蟲族天性殘忍嗜殺，對於所有遇上的生物必定殺戮殆盡才會罷手。

所幸首都星的治安還是很好的，只要捱過第一輪蟲族的攻擊，很快便會有軍隊到場鎮壓。

爲免被接下來的襲擊波及，雷克斯故意遠離任景鋒，走到宴會廳的角落避難。

雖然雷克斯很討厭任景鋒，可不得不承認對方眞的很強。以任景鋒的實力，即使沒有機甲在旁，蟲族想要殺死他，一時三刻也辦不到。因此雷克斯才很安心地出席宴會，因爲他知道蟲族出現後，會有好一段時間把目光都放在對方身上，而自己只要退到邊緣位置，遠離任景鋒就安全了。

雷克斯完全沒有向正與賓客暢談的女伴與朋友示警的意思，他獨自一人退到宴會廳的邊緣，滿心期待接下來的好戲，誰知道卻發現有人從旁走來。

心裡邊奇怪著是誰不在宴會廳好好待著，偏偏像他一樣走到這麼角落的位置，雷克斯邊往旁看去，驚見剛剛滿心想躲避的任景鋒正向他走來！

雷克斯大驚失色：「你、你爲什麼過來了？」

看到雷克斯的反應，任景鋒心下冷笑，腳步不停地向他走去：「看到雷克斯你獨自一人，便過來與你打個招呼。順道還可以聊一下軍隊的事情，要知道我已經有一段時間沒有回去了。」

「抱歉，我現在有點事情……你！你別再過來！」雷克斯因爲任景鋒的接近而嚇出一身冷汗。他連連往後退，就好像對方是個調戲黃花閨女的變態，而他自己就是那個黃花閨女……

任景鋒當然不會如他所願，偏要往雷克斯身旁湊：「你怎麼臉色這麼差，是身體不舒服嗎？」

「不不不！你別過來！」現在雷克斯已顧不得會惹別人懷疑了，見任景鋒繼續靠近，轉身拔腿便逃。

然而他才剛轉身，地面就傳出一陣劇烈震動。眾人還在驚訝於首都星竟然發生地震，宴會廳的地面已突然裂開，一顆碩大的昆蟲腦袋從裂開的地面探頭而出！

「是蟲族！」驚呼聲中，一眾賓客爭相走避。幸好蟲族出現之處是宴會廳的角落，遠離了人群，倒是給眾人逃跑的時間。

然而有兩個人可沒這麼好運了，他們根本來不及跑便被蟲族堵住了去路，因爲蟲族現身之地正好就是他們腳下！

這兩個倒楣鬼，正是任景鋒與雷克斯。

蟲族這種外星物種不僅外表像昆蟲，行動與攻擊方式皆與昆蟲相似。這次闖入宴會廳的蟲族共有五隻，牠們的外型像是螞蟻與蜘蛛的混合體，即使是體型最小的那隻，也足有三個成年人的高度。

這些蟲族每一隻都擁有有力大顎與帶毒的毒牙，不光速度快、攻擊力強，身上還有防禦力很高的甲殼。

像激光槍之類的小型武器無法破開蟲族甲殼，要做到這點，只有出動機甲才行。然而這只是一場生日宴會，出席的賓客誰會帶著機甲去赴宴？因此這裡雖然也有一些軍人，但他們也只有逃跑的份。

雷克斯也想逃，可惜他離任景鋒太近，因此被任景鋒吸引的蟲族直接從他腳邊爬出，要逃根本來不及！

任景鋒迅速拿出激光槍，朝最接近他的蟲族連開數槍。雖然激光槍破不開蟲族甲殼，然而蟲族身上仍有甲殼護不住的弱點，比如複眼、嘴巴，與關節部位……

身爲多次在前線出生入死的戰士，任景鋒與蟲族對戰的經驗很豐富，他的戰功都是實打實賣命換來的。在戰場上，任景鋒便曾遇上機甲破損的情況，因此他使用激光槍對抗蟲族已不是第一次，這次面對人們聞風喪膽的蟲族，並未表現出太大的壓力。

任景鋒一連幾槍精準擊中蟲族弱點，竟很快便解決掉其中一隻蟲族。

至於雷克斯，雖然他的精神力有S級，然而他之所以能年紀輕輕便當上將軍，更多是來自於之前元帥父親的幫助，每次雷克斯出戰也只是爲了到戰場鍍金而已，不只全程有高手護衛，而且出戰地點都不是戰況激烈之處。

當雷克斯當上將軍後，更是一直待在後方指揮。因此他的精神力是很高沒錯，然而戰鬥力相較於任景鋒，實在遠遠不如。

不只實力，雷克斯並沒有身爲軍人應有的心性與堅毅。此時他沒有機甲在手，單是直接面對蟲族便已令他怕得不行。看著比自己巨大數倍的蟲族，雷克斯這個將軍完全沒有任何與之對抗的決心，就連身上的激光槍也變得像擺設似的，滿心只想著要逃跑。

有時候最好的防禦便是進攻，要是他像任景鋒那樣奮起反抗，也許還能夠拖延一些時間。偏偏雷克斯完全沒有一戰的勇氣，結果跑不了兩步便被蟲族追上。其中一隻蟲族用前肢直接刺穿了他的肩膀，一把將他舉了起來。

要不是神勇無敵的任元帥及時殺死那隻蟲族，雷克斯已經餵了蟲子。

然而那隻蟲族雖死，可前肢依然插在雷克斯肩上。任景鋒像是沒看見般，完全沒有上前解救他的打算。最終雷克斯只得咬牙努力自救，好幾次都痛得幾乎暈倒，費了好大的勁才把蟲族前肢從受傷的肩膀中拔出。

雷克斯脫困後，忍著痛楚想逃離戰場。此時任景鋒正被蟲族包圍，他的身上因爲有皇室所下的暗手，成爲了蟲族首要的攻擊目標。

原本蟲族已把注意力從雷克斯身上移開，然而他一動，反而引起了蟲族的注意。何況他身上還有傷，血腥味對肉食性的蟲族來說，無疑是令牠們難以抗拒的香甜氣味。

見其中一隻蟲族竟放棄了任景鋒，改追著自己跑，雷克斯狠狠罵了一聲。心裡既恨任景鋒沒有阻攔到全部蟲族，又恨皇室研發的吸引蟲族藥劑不靠譜。然而此刻他心裡再怨恨也做不了什麼，只得拚了命地逃。

眼看快要被追上，雷克斯發現一個孩子正躲在餐桌下，似乎是事情發生時與父母失散，嚇得躲在桌底不動。雷克斯心頭一喜，把孩子扯出來往後方追著他的蟲族拋去，想利用孩子引開蟲族的注意！

「不！」正小心翼翼到處尋找孩子的父母看到這一幕，俱發出慘叫往孩子衝去，可惜彼此距離太遠，想要救下孩子絕對來不及了。

千鈞一髮之間，任景鋒及時趕到。皇室完全低估了他的實力，如果說在沒有任何準備下對上這些蟲族，也許還能為任景鋒造成麻煩，可現在他卻根本沒有把那五隻蟲族放在心上。

在與蟲族對戰的同時，任景鋒也不忘警戒雷克斯這個出現在堇青提供名單上的人。當對方把視線投向那個躲在餐桌下的孩子時，任景鋒立即知道事情要不好了！

以被蟲族狠狠從左臂咬走一塊肉為代價，任景鋒迅速擺脫對戰的蟲族，及時把那個被拋向蟲口的孩子接住！

然而身後的蟲族卻如影隨形地跟著，偏偏任景鋒受了傷還抱著一個孩子，除非狠心丟下孩子，不然完全騰不出手來對抗！

旁觀眾人緊張得心快要跳出來了，尤其是孩子的父母，深怕任景鋒會像雷克斯那樣把孩子拋出去當誘餌。幸好任景鋒做不出這樣的事情，只是他抱著孩子還受了傷，只能在蟲族的攻擊下勉力閃避。

雷克斯見狀心裡冷笑，暗嘲都這個時候了，任景鋒還要裝好人。要是連命也沒了，名聲什麼的還有什麼用處？趁著任景鋒與那個小孩引開蟲族的注意，他正好可以趁機逃跑。

雷克斯心裡算盤打得劈啪響，誰知道此時賓客中卻有人連連往蟲族射上數槍，不僅阻止了蟲族的攻勢，其中一槍更「不小心」射中了一旁想要逃跑的雷克斯。

開槍的人是幾名任家派系的軍官，既然任家早已知道皇室會在宴會中搞事，當然也做好了準備，至少他們是隨身帶著武器的。原本這些人負責護著一眾賓客，見

任景鋒那方事態危急，便立即上前支援。

有了這些人的幫助，任景鋒抱著孩子成功脫身，反倒是再次受傷、渾身血腥味的雷克斯成爲了吸引蟲族的人。雷克斯被蟲族狠狠咬住，發出陣陣淒厲的慘叫。

此時以任景奕爲首，任家的軍團衝入了宴會廳，迅速擊殺所有蟲族，將失去一隻手、一條腿的雷克斯從蟲口中救出，並且立即掌控宴會廳所有狀況。

孩子的父母衝了出去，終於把他們的心肝寶貝抱回懷裡，對任景鋒千恩萬謝。他們看著地上成爲一個血人的雷克斯，眼中充滿了仇恨，要不是這人現在傷得那麼重，孩子的父母都忍不住要去揍這個人渣一頓了！

皇室那邊的人原本還打算混水摸魚，趁亂掃尾。誰知道任家的人來得這麼快，他們找不到機會動手，只能祈求任家不會追查到他們身上。

一眾賓客不會知道皇室那方的擔憂與心虛，見蟲族全被誅滅，頓時發出熱烈的歡呼聲。

歡呼聲中，任景鋒這個力戰蟲族的英雄卻在鬆一口氣後，不支倒地。

第七章・解毒劑

眾人的歡呼聲倏然而止，他們都很感激在危險出現時挺身而出的任景鋒，對方寧可自己受傷，也要拯救孩子的舉動，更是讓人佩服。因此當他倒下時，所有人都很為他擔憂緊張。

任父身為後勤指揮，任景奕負責帶士兵衝進來救人，見自家兄長倒下，他連忙衝上前，在對方摔倒在地之前及時扶著人。

此時任母、任景瑤等其他任家人也趕到了，跑在前頭的正是堇青。

身為治療師，堇青立即放出精神力為任景鋒診斷，很快她便一臉嚴肅地說道：

「他中蟲毒了。」

眾人頓時神色一變，蟲毒會污染精神力，很難根治。即使治好，也會讓精神力出現一定程度的後遺症。

一般人類與蟲族戰鬥時都會使用機甲，而且只有少部分蟲族擁有蟲毒，因此戰士身中蟲毒的機率素來不高。然而任景鋒逼不得已在只有一把激光槍的情況下與蟲族對上，能夠保住性命已經很了不起。

其實一開始他還佔了優勢，要不是爲了救被雷克斯拋出去當誘餌的小男孩，也未必會受傷……

堇青猶豫片刻，咬牙取出一瓶藥劑，遞給任景鋒道：「這是我最近針對蟲毒研發的藥劑，已經在動物身上獲得了成效，你願意……試試嗎？」

任景奕知道堇青是治療師，只是對方是個尙未畢業的學生，這藥劑的藥效誰能知道呢？

何況任景奕還不敢百分百信任堇青，說不定對方假裝投靠任家，其實一心想要取任景鋒的命。

現在任景鋒中了蟲毒，對堇青來說難道不是一個很好的下手機會嗎？到時候眞的出了事情，她還可以推說這藥劑是新研發的呢！

任景奕不明白兄長在猶豫什麼，正要上前代爲拒絕，卻又聽堇青說道：「啊！對了，之前這藥劑我給過你一瓶，不知道你有沒有帶在身邊，以及讓人檢查那瓶藥劑了沒？有的話就用那瓶好了，這樣比較保險。」

任景鋒聞言愣了愣，之前堇青送了瓶藥劑給他，他的確拿去檢驗了。檢驗結果很有意思，那藥劑於人體絕對無害，但成分卻不是以前舊有的任何一種舒緩劑，功效未明。

任景鋒當時很驚訝堇青送給他的藥劑竟然是新藥，本打算詢問對方藥劑的功效，只是後來得到了皇室會在宴會上搞事的情報，任景鋒有太多事情要準備，便暫時先把藥劑的事情放下了。

當時任景鋒對堇青已有了好感，這是對方初次送他的東西，他便把那不明藥劑隨身帶著，想不到它竟不是用來舒緩精神力，而是用來解蟲毒的！

雖然不知道藥劑到底有沒有功效，只是憑現在的技術無法根治蟲毒，反正藥劑對人體無害，任景鋒也不想浪費堇青的一番心意，便從衣袋取出藥劑喝了下去。

結果藥劑出乎意料地有效，任景鋒剛喝下不久，藥劑便已清除了精神力的感染！

堇青見藥劑起效，任景鋒精神力因蟲毒而產生的污染已經祛除，她便驅使自己的精神力，爲任景鋒戰後處於緊繃的精神力做舒緩治療。

任景鋒察覺到堇青的動作時，對方的精神力已與他接觸，若是抗拒，難免對堇青造成傷害。任景鋒猶豫了一瞬，便放開心神接納了對方，卻發現堇青的精神力非常強大！

任景鋒不是第一次接受治療師的精神力舒緩，只是由於他的精神力級別太高，因此軍隊中的治療師只能爲他做一些簡單的調理。任景鋒還是第一次感受到如此徹底的精神力治療，只覺得通體舒暢。要不是顧忌現在是公開場合，他都忍不住要呻吟出聲了。

在堇青撤走自身精神力時，任景鋒差點兒忍不住開口挽留對方。實在是他從軍這麼多年，已經很久沒有這麼輕鬆了。

精神力連接的時候，難免能夠感受到對方的情緒。雖然只有隱隱約約的感應，然而這種來自於精神力的意志是做不得假的。任景鋒感受到堇青對他抱持的善意，甚至還有好感與深刻的情誼，不由得詫異地往堇青看去。

任景鋒覺得雙方合作後，他們對堇青算不上差，但也稱不上好。到底是在什麼時候，堇青對他有了這種深厚的感情？

而且堇青的精神力明明只有A級，可是經過剛才的精神力連接，對方的精神力絕對不比自己差。難道是堇青一直隱瞞自己的精神力等級？可她爲什麼要這樣做？

雙方眼神一接觸，任景鋒的心神不由自主地陷進了堇青的眼眸裡，少女那雙黑褐色的眼眸不知何時變幻成高貴而深邃的紫色。被這麼一雙波光瀲灩的眸子凝望著，任景鋒心臟不受控制地激烈跳動起來。

只是眨眼瞬間，那雙紫色眼眸又變回了黑褐顏色，彷彿剛剛的一切只是幻覺。但任景鋒卻知道，無論堇青那一剎那的瞳色轉變是否眞實，但他是眞的對她心動了。

只是現在並不是談論兒女私情的時候，即使任景鋒很想與堇青好好談一談，但也得先把眼前的事情處理好。

任景鋒雖然受了傷，可傷勢不算重。以這個世界的醫療科技來看，也只是噴下止血劑、回去躺一躺醫療艙的事情。對他來說，麻煩的是侵蝕精神力的蟲毒。現在蟲毒一除，任景鋒已經沒有大礙了。

旁觀這場奇蹟的賓客們忍不住歡呼起來，有些人想得比較多，心想以前還覺得堇青有些配不上任景鋒，可現在她顯露了藥劑方面的天賦，不說其他，單是她研究出能夠根治蟲毒的藥劑，便已足以讓軍方驚爲天人了。

看到任景鋒沒事，那些雷克斯的朋友們頓時攔在堇青身前：「妳好歹以前與雷克斯有過一段，怎能這麼絕情，只想著任景鋒，不把藥劑給雷克斯？沒見雷克斯傷得更重嗎？」

堇青挑了挑眉，笑道：「你們也懂得說是『以前』，誰沒有眼盲的時候呢？當時眼力不好，挑了雷克斯這個人品有瑕、連小孩子也能拿來當誘餌的人渣，也幸好與他分得快。現在我的丈夫是景鋒，親疏有別，有藥劑我當然給他啊！」

原本看那些人找堇青麻煩，任景鋒還想護著她，誰知堇青一開口就把對方懟得說不出話，不由得在心裡想著不愧是艷麗的紅玫瑰，雖然漂亮，可卻是帶刺的。

既然堇青能夠應付，而且似乎還對人懟得很高興，任景鋒便任由她發揮了。只是他雖然沒有說話，可人卻站在了堇青身邊，一副要爲她撐腰的模樣。

那些人本就理虧，現在看到任景鋒一副守護者的樣子，態度只得軟了下來，改爲動之以情：「就是……就是妳明明有藥劑，難道就忍心看著雷克斯這樣……」

不待那人說罷，堇青道：「我忍心呀！爲什麼不忍心？就憑他剛剛做的事情，不打他都是我脾氣好了。」

堇青這話說得太理所當然，那人再次語塞。

此時他們忍不住慶幸雷克斯已經昏迷過去，不然讓他聽到堇青這麼故意地不斷提及他的黑歷史，只怕不重傷而死也被對方氣死了。

想想之前雷克斯還經常向他們炫耀堇青心裡愛著他，爲了他不願意嫁到任家呢！現在看到堇青的態度，那些人對雷克斯的說詞是一個字也不信了。

看到對方被自己懟得說不出話來，堇青心裡滿意，這才又說道：「雖然雷克斯做的事情太人渣，不過終究是認識的人，我也不好見死不救。這藥劑對景鋒有效，可是每個人體質不同，新藥沒有經過系統臨床試驗，藥效如何我不敢保證。喝了這藥劑，爲免藥效相衝，在一定時間內不能再進行其他治療，你們自己想清楚再做決定。」

失去手腳成爲殘疾，雷克斯可以接上機械義肢。經過訓練，也不是不能再上戰場的。

然而精神力受到污染，只要這方面落下了病根，那便是廢了！

這些人都是雷克斯的部下，或是附屬於他家族的人，他們陪同雷克斯出席這場宴會，卻沒有把人護好。雷克斯受到這麼嚴重的傷，偏偏他們卻毫髮無損，這些人都擔心事後會被雷克斯追究報復。

因此他們爭著想要表現，要是他們取得的藥劑可以爲雷克斯解除蟲毒，那麼即使不能將功補過，至少也能讓對方少些遷怒吧？

聽到堇青的話，那些人剛剛都有看到任景鋒被藥劑治好的一幕，連忙怕堇青反悔般把藥劑取了過去，想也不想便讓雷克斯喝了。

任景奕已經知曉雷克斯爲了逃脫蟲族，拿孩子來當誘餌的事，也是因爲他的做法，自家兄長才會受傷。可堇青這個名義上任景鋒的妻子，不替丈夫出口氣也罷，還向對方提供治療蟲毒的藥物！

雖然任景奕了解若堇青明明有藥卻不願意救人，對她的名聲不好，只是人都有親疏之分，堇青的舉動讓他心裡有點不痛快。

察覺到任景奕的不滿，堇青向他眨了眨眼睛。

任景奕見狀愣住了。

他突然生出一個大膽的想法。

堇青給雷克斯用的藥劑，該不會有問題吧？

之前她說這藥劑不安全，難道是故意這麼說？若出了事情，才可以免責嗎？

可是這藥劑……之前堇青是想拿給兄長用的。

但任景奕隨即又想起堇青一開始雖然把這瓶藥劑拿了出來，可卻又提及稍早前送給任景鋒的藥劑。結果拿出來的卻沒有用掉，雷克斯的朋友看到任景鋒的蟲毒被解除，自然想著向她討要……

這麼想著，任景奕頓時覺得自己眞相了！

就在任景奕因爲堇青一個小動作而細思極恐之際，堇青已向任景鋒提出想先與任母及任景瑤回去的要求。任景鋒頷首道：「可以，阿奕你送大家回去吧！」

「不用了，派人送我們回去就好，你受了傷，讓阿奕留下來幫你吧！」堇青說罷，向任景奕微微一笑，滿意地看到少年被她一個笑容嚇得炸毛。

看著堇青離去的背影，現在任景奕非常想知道雷克斯喝下的藥劑到底有沒有效。

如果那藥劑眞的沒效，那麼他這位便宜大嫂……還眞是個坑人不償命的人物。

宴會上發生的事情太大，蟲族竟然出現在首都星，頓時令帝國民眾譁然。

這一晚註定是不眠之夜，不少民眾都睡不著，一直在星網關注著事態的發展。

隨著愈多消息流出，網上也開始出現了對於此次事件的各種討論。

在堇青看來，其中的某些言論顯然是故意針對任家，說不定正是皇室所爲。比如任家封鎖宴會廳調查，就引起了一些人的質疑，而且還在星網試圖挑起民眾的反抗情緒。

看到這些言論，堇青忍不住笑了，似乎任家軍團闖入宴會廳的反應太迅速，皇室來不及把尾巴掃乾淨，所以急了吧？

然而人民雖然容易煽動，可卻不是傻的。尤其事情危及他們的安全時，往往對事情特別敏銳。

對於任家控制宴會廳一事，民眾並不覺得不滿，反而感到安心。畢竟任家軍團是帝國內最強大的戰力，在首都星發生蟲族來襲的事，絕對須要徹查，好好一個宴會也能有蟲族闖進去，那豈不是說明也許其他地方也有蟲族潛伏，人們隨時都會有生命危險？

關乎自己的切身安危，不把這次蟲族入侵的原因弄清楚，眾人連覺都睡不安穩呀！

也許是因爲看到無法利用民眾逼任家軍團撤軍，於是網上輿論又再次轉變風向，這次對方把襲擊事件中所發生的一些狀況稍作歪曲，九分眞、一分假地放上星網，矛頭直指任家與堇青！

根據「知情人士」透露，雷克斯在遇襲時力抗蟲族，結果卻被任家用激光槍誤傷。正是因爲他被人所傷，最終不敵蟲族攻擊而落下了殘疾。

這也罷了，元帥夫人研發出一種能夠解蟲毒的藥劑，分別給了同樣被蟲毒所傷的任元帥與雷克斯服用。任元帥喝後蟲毒很快便被消除，可雷克斯的藥劑卻完全沒有效。最終錯過了治療的最佳時機，雷克斯的精神力受到蟲毒污染，好好一個青年才俊完全毀了。

「知情人士」並沒有多說自己的感想，彷彿只是一個中立的路人，單純在星網上把自己的所見所聞說出來而已。

這則留言出現以後，輿論便開始一面倒地指責任家與堇青。

【要不是被激光槍誤傷，雷克斯將軍也許就不會受這麼重的傷了。】

【同一種藥，明明能夠醫好任元帥，卻無法治好雷克斯將軍，不覺得很奇怪嗎？】

【該不會是故意的吧？雷克斯將軍是前任元帥之子，難道任家擔心他會越過任元帥……細思極恐。】

諸如此類的言論多不勝數，民眾對任家與堇青的不滿情緒更越趨激烈。

雷克斯出身貴族，本身能力也不錯，而且長相俊美，對外一直展現出一副脾氣好、有擔當的模樣，因此本身有不少粉絲。人們本就更加同情弱者，這麼一個青年才俊因爲陰謀而被毀，那就太令人惋惜，也令人格外憤怒。

星網上對蟲族襲擊的言論有眞有假，任家很難澄清。也不是沒有出席宴會的人爲任家說話，只是那些留言很快便被刷下去，甚至還被人視爲是任家的水軍。

畢竟人們更相信自己推測出來的「眞相」，何況任家軍誤傷雷克斯是眞的，而且堇青的藥劑只救了任景鋒，卻對雷克斯無效，也是眞的。

雷克斯成了手腳傷殘、精神力受到蟲毒污染的廢人，難道星網上的言論還會有假嗎？

堇青看到星網那些針對她與任家的激烈聲討，不僅沒有生氣，還一副饒有趣味的樣子。團子卻是擔心死了，憂心忡忡地詢問：「任家會不會把青青妳推出去，來平息民眾的怒火？」

也不怪團子會這麼想，在這種怎樣說也說不清的情況下，只要犧牲堇青一人，便能夠讓事情平息，對任家來說，損害的也只是一個不知道能否信任的間諜的利益，是很划算的事情。

然而堇青卻很確定地說道：「任家不是那種會理所當然犧牲同伴的家族。」

頓了頓，堇青又笑道：「何況我都已經早早把皇室會在宴會動手的事情告知他們，要是任家對此還沒有多做準備，那麼愚蠢的豬隊友也沒有合作的必要了。」

很多時候，堇青看起來對於身邊的危機不太上心，總是團子這個小伙伴在「皇帝不急急死太監」，但事實往往都說明了堇青說的是對的。

堇青之所以不擔心，並不是她過於相信別人，而是因爲她在事前早就做好了準備，因此有著掌控事態的自信。即使這次任家沒有應對措施，甚至像團子所說般，把她推出去當犧牲品，其實堇青也有得是辦法把自己摘出來。

就像堇青猜想般，不用她出手，任家已經把事情解決掉了。

任家的方法很簡單直接，他們在星網上傳了一段影片，從蟲族出現，到任景鋒力戰蟲族，雷克斯逃跑時利用孩子當誘餌，以及堇青交出藥劑的過程，全都記錄在影片裡。

任家聲稱影片是由賓客提供，錄製的角度也的確是在賓客之中，然而確實的提供者是誰，卻不可追究了。

雖然任家只提供了影片，並沒有對影片內容多發表意見，可那些先前在星網罵任家與堇青罵得很歡的人，都覺得被啪啪打臉。

尤其那些雷克斯的粉絲更覺得無地自容，他們想不到自己喜歡的將軍竟然是這麼卑劣的人！

臉好痛！

對於一開始雷克斯不敵蟲族、在蟲族的進攻下節節敗退的情況，眾人是明白的。畢竟不是所有人都像任景鋒這般驍勇善戰，在沒有機甲的情況下，還能夠殺死蟲族。

然而身爲一名軍人，而且還是名將軍，雷克斯面對蟲族時那副被嚇破了膽的膽怯模樣，就讓人感到很驚奇了。

雷克斯的家族爲了捧他，把不少美好的詞彙往他身上堆砌。爲了把他推上將軍的寶座，雷克斯還冒領了不少戰士的戰功，在民眾心目中是個勇猛強大的帝國勇士。

可現在看到他面對蟲族時的驚恐表現，怎樣看都不像上過戰場、經過多次鮮血洗禮的模樣，誰都猜出他的戰功有貓膩了。

最讓那些支持或同情雷克斯的人感到打臉的，便是雷克斯逃跑不成，拉過孩子拋出去引開蟲族的一幕！

那些雷克斯的粉絲，都覺得自己以前眞的盲了眼，竟然粉上這麼一個人品低劣的人！

星網的輿論頓時逆轉，先前支持任家的人，頓覺揚眉吐氣。

【我是在場賓客之一，我就說雷克斯是活該！當時還有人說他已經這麼慘了，罵我的言論冷血，還說我是任家的水軍，誰是水軍還不知道呢！】

【當時情況這麼混亂，激光槍擊中雷克斯也是沒辦法的事情。何況那些軍人會開槍，是為了救陷入危險的任元帥。元帥大人為什麼會陷入險境？不就是因為要救那個被雷克斯拋出去的孩子嗎!?所以歸根究柢，雷克斯會被激光槍誤傷，其實都是自己種下的因果，這根本是報應吧？】

【那些說堇青故意不救人的，人家明明把話說得很清楚了。那是並未經過臨床試驗的新研發藥劑，藥效還不確定，服用以後短時間內亦無法再做其他治療。當初是那些人堅持要讓雷克斯服下，發現藥效不如預期後反而責怪堇青，人家欠了你的嗎？】

【堇青研發出新藥劑，這是利國利民的好事啊！她好心提供藥劑，卻被小人反

咬一口，還真可憐！】

【大家有沒有發現，影片中的蟲族全都有毒牙？據我所知，蟲族一般都是無毒的，帶毒的蟲族很稀有。在首都星出現蟲族已經很奇怪了，而且還全都是有毒的，總有種陰謀感……】

【有種陰謀感+1，那些蟲族都針對任元帥攻擊。至於雷克斯則只是因為一開始站得太近受到牽連，再聯想到最近星網一面倒指責任家的言論……事情很不尋常啊！】

【有人注意到嗎？在蟲族出現之前，雷克斯是故意要避開任元帥吧？任元帥走近他時，他還一副驚恐的模樣。難道他早就知道蟲族會出現，還會針對任元帥攻擊嗎？】

第八章・表白

看過星網上的影片與言論後，堇青彷彿已經看到雷克斯的支持者被打臉時的表情，忍不住哈哈大笑起來。

看了一場好戲的堇青，覺得暫時沒有需要她的事情了，便心大地上床睡覺去。

當她第二天起床時，通霄達旦處理著事件相關事宜的任家人還在忙碌著，堇青梳洗過後便到會議室去找人了。

堇青本來只是想找任景鋒出來，問一下現在的情況，誰知道卻被人直接請進會議室裡。

雖然堇青有什麼想知道的，都可以讓團子幫忙監看，然而任家人主動讓她進去開會，所代表的意義卻是大大不同，至少證明了他們已經接納堇青為他們的一員。

任家人很清楚，沒有堇青昨天提供的藥劑，身中蟲毒的任景鋒可麻煩大了。要是一個不好，說不定就落得跟雷克斯相同的下場，在精神力上留下永不磨滅的傷害。

如果堇青真的對任景鋒懷有惡意，她甚至不用出手，在這次事件中只要冷眼旁觀，也許任景鋒便毀了。

任家人本就不是多疑的性格，只是正值家族生死存亡之際，因此才萬分謹慎而已。這一次堇青用行動獲得了他們的信任，不僅讓任家人把她視為自己人，而且他們都覺得……堇青來當任景鋒的妻子似乎真的不錯耶！

尤其昨晚任家父母已經問明了任景鋒的意思，得知任景鋒對堇青是有意的。只是因為有著諸多顧忌，這才沒有表明態度。

既然如此，他們自然是一改之前把堇青排除在外的態度，積極讓她參與任家的事情，希望她對任家多些歸屬感。

堇青察覺到任家人態度的轉變，她只作不知，沒有抗拒卻也不見驚喜，一副榮辱不驚的模樣，到是讓人捉摸不清她的態度。

昨晚任家封鎖宴會廳、經過徹夜調查後，有了重大發現。那些蟲族是被人從地底運送到宴會廳的。也就是說，這次蟲族的襲擊果然是人為事件。

另外，還有一個重大的發現，襲擊宴會廳的蟲族全都是雄蟲，這便很耐人尋味了。

一般來說，蟲族的族群是由負責生產的蟲后，以及蟲后生出來的無性別蟲族組成。平常在巢穴中偶爾也會有雄蟲出生，然而當同伴發現巢穴出現了雄蟲，便會立即將其殺死。

只有新生蟲后在離開巢穴時才需要雄蟲進行交配，當蟲族誕生新的蟲后時，族群才會讓雄蟲活著，並讓牠跟隨新蟲后一起遷移。

因此雄蟲能夠活至成蟲是非常稀有的事情，何況牠們還神不知、鬼不覺地出現在首都星。

聽過任家的情報後，堇青道：「我昨晚向家裡打聽過，皇室利用蟲后的費洛蒙製作出一種藥劑，宴會的時候他們派人找機會把藥劑沾染到景鋒身上，雄蟲便會針對他進行攻擊。可惜他們已對我有所警戒，我無法探聽到皇室用來研究蟲族的地方。」

堇青說是從堇家獲取的情報，這其實是團子探聽得來的情報。昨天除了任家在開會，皇室也連夜開緊急會議，讓團子探聽到不少機密呢！

其實團子還知道皇室研究蟲族的祕密基地在哪，只是這麼隱密的事情，堇青要是知道也太惹人懷疑了。因此堇青只說自己不知道，萬一他們調查進入岔路的話，她再稍作引導就好。

任家眾人聞言點了點頭，得知那些在宴會肆虐的蟲族全都是雄蟲時，他們也聯想到與蟲后有關了，心裡不禁萬分懊惱。早知道皇室會做出這種事，當初任景鋒幹掉蟲后、並將之帶回來以後，便不應該把屍體提供給科學院研究了。

蟲族是沒有感情的生物，牠們爲星球帶來的只有毀滅而已。皇室竟然試圖控制牠們，眞是一群瘋子！

即使沒有皇室針對任家的事情，他們也不會任由皇室的研究繼續下去。蟲族智慧不高沒錯，在蟲后被任景鋒殺死的現在，剩下來的蟲族看起來已沒有威脅，可想想蟲族曾讓多少星球滅亡？這種可怕的敵人應該把牠徹底消滅才對，蟲族絕不是能夠妄圖掌控的東西！

星網上的言論，有不少都是任家把影片放上網後讓人操控的結果。不過讓他們訝異的是，當他們把影片放上星網後，不少民眾所做的猜測非常貼近事實，甚至其中一些大膽的假設給了任家不少啓發，果然網民的想像力是無窮的。

「皇室利用蟲族來暗殺景鋒，然而因爲我們早做準備，現在的情況反而對我們有利。人民是絕無可能容忍皇室把蟲族藏在首都星、甚至妄圖掌控蟲族的行爲，只要我們能得到證據，到時候不用我們多做什麼，皇室也會受盡指責，無法在帝國繼續掌權。」任父總結道。

這次的行動，皇室絕對是偷雞不著蝕把米。想要殺的人沒殺掉，反而將把柄送到任家手裡。

任景鋒道：「現在最重要的是盡快找到研究蟲族的地方，獲取皇室豢養蟲族的證據，還有要小心皇室狗急跳牆，做出瘋狂的舉動。」

頓了頓，任景鋒轉向堇青道：「這次我們的反應這麼迅速，對方應該已經猜到我們有內應，也許已經猜到了妳身上。這段時間妳最好待在家裡不要外出，要是堇家的人聯絡妳見面，千萬不要答應。」

堇青知道任景鋒並不是想要軟禁她，而是想保護她。在這種關鍵時刻，堇青自然不會添亂，便一口應允下來。

經過了一晚的忙碌，眾人都累了。暫時沒有新的發現，總結了下昨晚所得，會議便結束了。離開會議室時，任景鋒向堇青道：「阿堇，妳留下來，我有些話想對妳說。」

任家人互看了一眼，皆不約而同地向任景鋒露出打氣的眼神，離開時，還很體貼地替他們關上了門。

當會議室只剩任景鋒與堇青單獨相處時，任景鋒覺得有點侷促。即使是與蟲后對戰、生死存亡之際，他也沒有絲毫退縮，可現在將要向堇青表白，他卻破天荒地感到了緊張。

是的，他要對心愛的少女表白了。

與堇青相處過後，任景鋒發現對方與他先前所以爲的有著很大的不同。堇青雖然驕縱又有點大小姐脾氣，可其實非常耀眼出色，不只打破了任景鋒對她的偏見，甚至還讓人把視線一直投放到她身上，再也移不開來。

先前任景鋒一直有所顧忌，無法對堇青表明心意，只能暗暗護著她。可現在既然已經確定了堇青是眞心站在他這邊的同伴，他便想要讓對方知道自己的心意。

雖然心裡想得好好的，然而面對著少女的任景鋒，一時之間卻覺得表白的話有點難說出口，思考了下，他便想著先旁敲側擊一下：「在這一連串事情都結束以後，妳有什麼打算？」

堇青與戀人度過這麼多世的時光，對他已有很深的了解。即使這一世的任景鋒依舊沒有以前的記憶，還因爲生活環境不同，性格與前幾世多有差異。然而他們的靈魂相同，本質便也是相同的，堇青輕易察覺出了對方的試探。

果然我就是討人喜歡，無論經過多少世，他最終都會愛上我呢！

堇青心裡沾沾自喜，沒有任何人被別人喜愛時不感到高興的，尤其是像任景鋒這種優質股。要知道任元帥被喻爲是「帝國最受女人歡迎的人物」，是這裡所有未婚少女心目中的理想夫婿。

雖然任景鋒面對不熟悉的人時，總是嚴肅得令人卻步，可卻無損他的搶手程度。畢竟像他這種位高權重、人帥又多金的極品實在太過稀少。看看這張英俊的臉、這肩寬腰窄的模樣，還有這雙大長腿……

面前之人秀色可餐，堇青暗暗嚥了嚥口水，心裡默唸多遍「色即是空」，才能維持著淡定的神情。

眼看任景鋒即將告白，堇青心裡高興，臉上卻不顯。想到之前對方待她的那副冷淡模樣，堇青又感到有點不爽。她眼珠一轉，故意回答：「放心吧！只要事情結束後，我們便立即離婚，我是不會糾纏你的，這都是結婚前便說好的事情，我記著呢！」

聽到堇青的話，任景鋒頓時急了：「我不是這意思……如果我想繼續維持著我們的婚姻關係，妳願意嗎？」

原本任景鋒打算先試探一下堇青的想法，看情況再告白，然而被堇青這麼一逼，他也有點急了。見對方還在想著事情一解決便離婚，他覺得現在已經不是猶豫的時候，再讓對方誤會下去可不行！

於是任景鋒直接挑明：「我喜歡妳，並不想與妳離婚。」

堇青托著下巴，饒有趣味地打量著任景鋒。看著對方因爲自己的打量而愈發緊繃的表情，她緩緩勾起了嘴角：「所以你的意思是，想與我以不離婚爲前提，進行交往？」

雖然堇青這句話聽起來怪怪的，可是仔細想卻又沒毛病，於是任景鋒點了點頭：「我很有誠意的，希望妳能接受我的追求。」

說罷，任景鋒遞出早已準備好的禮物。

接過任景鋒送出的激光槍，堇青的表情實在是一言難盡……

上一世戀人的情商好像有所改善，結果這一世送的禮物又變回武器了啊……

心裡感到有些無奈，卻又有點懷念，還有些想笑。

堇青把玩著激光槍，詢問：「你爲什麼會想到送激光槍給我？一般送女孩子的禮物，不是大多會送鮮花或者首飾嗎？」

任景鋒聞言僵硬了瞬間，不知道堇青是不是不滿意他送的禮物。沉默片刻，他還是道出了選擇武器的原因：「雖然我有保護妳的自信，然而我也希望妳能夠保護自己。」

堇青把玩著激光槍的動作一頓，隨即笑道：「好吧！我給你追求我的機會，可要好好表現喔！」

雖然兩人已經結婚，可是堇青很享受與戀人相處的時光，每個階段對她來說都彌足珍貴，她可不希望因爲結了婚，便錯過談戀愛的過程。

任景鋒可不知道他絞盡腦汁想要追求的少女，其實早就喜歡上自己。聽到對方說願意接受他的追求，任景鋒心裡很高興，心裡有千言萬語，然而說出口時，卻只有過於簡單，卻又充滿眞誠的一句：「我會對妳好的。」

堇青被對方逗樂了：「哎……我的元帥大人，你怎麼會這樣甜呢？」

在堇青與任景鋒你儂我儂的時候，堇家則處於惶惶然的不安狀況。

作爲一個已經逐漸沒落的貴族，堇家在皇室與任家這些龐然大物面前，勢力可說是完全不夠看。選擇站隊後，堇家便一直期待皇室能夠快些扳倒任家，好重現貴族的輝煌，到時候堇家身爲大功臣，必能從中獲得豐厚的利益。

然而這次皇室與任家的交鋒，狀況卻變得對皇室很不利。

萬一皇室研究蟲族一事曝了光，無論是皇室，還是依附著他們的貴族，都絕對沒有好果子吃！

最令堇家父母感到難以接受的，是被他們視爲棄子嫁到任家的堇青，竟然是一個能研究出解蟲毒藥劑的天才！

雖說解毒劑的藥效現在還不穩定，可是有過一次成功，離完成還遠嗎？

現在他倆腸子都悔青了，如果早知道自家女兒在藥劑方面這麼有天賦，他們就不會輕易把她嫁出去。把研發新藥劑的榮耀留給堇家，絕對比把堇青賣出去，只換來一支提升精神力的藥劑來得划算。

堇父生氣地罵咧咧：「可惡！明明她以前在藥劑上的成績都很普通，什麼時候變得這麼厲害了？」

堇母猶豫著說：「你說小青她會不會是故意裝拙，就是想找機會離開家裡？」

堇父聞言愣了愣：「不會吧？她有這麼聰明嗎？」

不是堇父想小看自己的女兒，實在是原主不是個心裡藏得住事情的人，他實在想像不到堇青能夠裝拙這麼久，卻不顯破綻。

堇母雖然也覺得堇青沒這種心計，可身爲這段時間負責與對方聯絡的人，她總覺得現在的堇青變了，讓她生出一種無法拿捏的無力感：「這次任家顯然早就收到風聲，任家軍才能來得這麼及時，還迅速封鎖了宴會廳。你說，會不會是小青她……」

堇父否定了堇母的猜測：「不可能，我們從沒有把蟲族的事情告訴她。即使小青真的與我們離心，也不會知道我們打算襲擊宴會廳。」

堇母雖然總覺得女兒有點怪怪的，但也知道丈夫說的有道理。

女兒突如其來顯現的藥劑天賦讓堇父心頭火熱。他滿心想著能不能利用對方的能力，讓堇家再上一層樓：「妳最近多與小青聯絡感情，看看能否讓她再多研發一些新藥劑給我們。」

堇母聞言雙目一亮：「對！我們把她養大，她總不能出嫁了便不理家裡。上一次的新藥劑給了任家，這次怎樣都應該要幫襯一下娘家吧？」

夫妻倆心裡算盤打得劈啪作響，即使把女兒賣了，他們仍不想放過她，還想要榨取她所有的價值。

堇父、堇母熱烈討論著怎樣操控堇青以圖取更多利益，卻沒有發現躲在門後的堇煒默默地離開。

很快地，堇青便收到了堇煒的通訊，他把剛才父母的打算告知了堇青。並告誡她要是沒什麼事情的話暫時別回家，以免被父母利用。

也許因爲羞於面對堇青，堇煒一口氣說完話後，不等對方回應便切斷通訊了。

堇青一臉無奈，如果說她對堇父、堇母可以毫不留情，可對於堇煒這個弟弟，卻有點不知道該怎麼辦才好。

還好對方只是個沒有參與這些事情的未成年孩子，即使堇家敗落，對堇煒來說只是生活變得拮据，倒是沒有性命之憂。既然如此，堇青並不打算插手他的事情。

堇煒不贊成父母的作爲，看似站在堇青這邊，可是事實上，在原主被逼婚時，他卻因爲家族而眼睜睜看著姊姊被利用，無所作爲。

無論他有怎樣的苦衷與顧忌，堇煒也是放棄原主的其中一人。既然如此，堇青也不打算對他特別照顧，畢竟人都要爲自己所做的決定負責。何況與堇煒有著從小一起長大的情分的人是原主，可不是堇青。

至於堇家父母嘛……堇青嘴角勾起一個漂亮的弧度，滿眼都是算計。

想到那對父母不僅把女兒賣了，看到她在任家過得很好，還研發出新藥劑後，竟再次打起她的主意。面對如此厚顏無恥的人，堇青不把他們坑得哭爹喊娘，便不是堇青了！

堇母比堇青想像中更加沉不住氣，很快地，她聯繫了堇青，一副得知堇青那天出席宴會受襲後擔心不已的模樣，隨即接著讚賞堇青在藥劑上的天賦。

說了一大堆有的沒的以後，堇母圖窮匕現：「小青，要是下次妳研發出新藥劑，就不要再給任景鋒了。別看他現在好像對妳不錯，要知道男人都是靠不住的，就只有家裡才是妳眞正的依靠。到時候妳把藥劑給媽媽，媽媽幫妳處理吧！」

堇青聞言都要爲堇母的厚臉皮驚嘆了，不久前滿星網都是任家薄待堇青的言論時，堇母才要求堇青要多忍讓、要爲家族委曲求全。這番言論堇青還言猶在耳呢，現在又說家裡是她永遠的依靠？

這人是來搞笑的嗎？

心裡在吐槽著，堇青臉上卻是一副被說動，卻又爲難著的模樣說道：「其實之前的藥劑我已經想交給家裡了，只是當時我利用任家的實驗室進行研究，所以……我對蟲族一直很有興趣，之前研究出解除蟲毒的藥劑只是小試牛刀而已，我的目標是研究出能夠完全控制蟲族的藥劑，而且已經小有成果了呢！可惜任家能夠提供給我的蟲族樣本不多，暫時只能先擱置研究了。」

「什麼!?」堇母知道皇室一直致力想要控制蟲族，想不到堇青竟然對此有所研究，而且聽起來還小有成果，只是因爲蟲族的樣本不多才暫停研究。

堇母的心怦怦亂跳。如果堇青有新鮮、活的蟲族來進行研究呢？她是不是可以完成皇室的夢想，創造一隊蟲族軍團？

到時候堇家身爲大功臣，這豈不是……

堇母眼中滿是貪婪，她詢問堇青：「小青，妳的研究目前進度如何？是眞的能夠掌控蟲族嗎？如果給妳足夠的研究樣本，妳眞的有信心能夠完成研究？」

堇青仰起下巴，高傲又自信地說道：「當然！這是我近期研究的部分資料，妳可以先看看，如果有辦法讓我繼續研究，記得聯絡我喔！」

說罷，堇青便用光腦傳了一份資料過去，堇母急著拿這些資料給皇室那邊的科研人員觀看，匆匆與堇青道別後便斷了通訊。

與堇母結束通訊後，堇青聯繫了任景鋒，笑道：「親愛的，魚兒咬餌了！」

第九章・研究基地

一切還要從今早的會議說起。

在任景鋒提出讓堇青小心堇家時，堇青靈光一閃，便提出了一個計畫。

以堇青對堇家父母的了解，他們知道她研發出新藥劑，一定會很眼紅，覺得本來屬於他們的好處便宜了外人。以二人貪婪的性格，必定會哄堇青若再有新藥劑的話，要交給堇家。

到時候堇青只要表現出她正在研究蟲族，甚至研究已經小有成果，堇父、堇母定會滿心想著邀功，想著把她推介給皇室。至於她提供的研究資料，可以預想最後會傳給研究蟲族的研究員觀看。

於是堇青便詢問任家能不能在資料上做些手腳，比如弄一個追蹤訊號，讓對方在打開資料時，會將當時資料的位置回傳，到時候不就知道那個研究蟲族的祕密基地在哪了？

這點對任家來說並不難，任家掌握著眾多軍方科技，有得是方法在那些資料中做手腳而不被人發現。難是難在堇青交出去的資料，那資料必須言之有物，才不會讓對方感到奇怪而打草驚蛇。

畢竟堇家獲得資料後，應該會先初步確定可信性才上交皇室。皇室也會讓人看看這資料是否有研究價值，最後再交到研究員手上。因此那份資料至少要能糊弄到人，才有辦法在經過重重關卡後交到研究基地。

結果，在眾人爲此苦惱之際，堇青竟一個下午便準備好一份幾可亂眞的資料，驚掉了眾人的下巴。

別人看堇青是個藥劑天才，可只有堇青知道，她從不是別人所以爲的天才，之所以在藥劑有著這種成就，都是從以前的世界辛苦學習所累積而來的成果。

從丞相千金那世努力鑽研醫術，到後來致力使用治療術救急扶危，與戀人一起研究疫苗，把魔法運行的方法運用到精神力……

每一世堇青都沒有因爲擁有原主的記憶與技能，或者因終會離開那個世界而鬆懈，她珍惜每一個獲得資源與知識的機會，即使很多技能——比如魔法之類——並不是每個世界都能通用，可她卻從不會因此放棄學習更多的知識。

到了這一世，堇青的醫術、煉製藥物的技巧、對魔法的運用，以及對精神力的了解，她把這些經驗全都結合到藥劑的研究中。

原主並不是藥劑天才，堇青也不是。然而她足夠努力，以往所流的汗水從來沒有浪費，讓她現在獲益不少。

有了那份資料，在堇母找堇青談話時，她成功唬住了對方。

堇青對自己上交的資料很有信心，雖然資料並不完全，但只要是對此有所研究的人，也能了解這份資料很有研究下去的價值。堇青相信對方看過後絕對會上勾！

果然過了不久，任家這邊的技術部門便查出那份資料輾轉經過了不同人的手，最終停留在首都星的一處郊外莊園。

那裡景色宜人，整整一大片都是皇室私有土地。想不到這麼一個美麗寧靜的地方，卻被皇室利用來暗中進行邪惡的實驗。

要是皇室真的成功掌控蟲族，到時候人類免不了血流成河，還不知道什麼時候會被蟲族反噬。即使沒有了皇室要對付任家這項因素，任景鋒也絕不會任由這實驗繼續進行下去。

皇室派了不少間諜到任家，同樣地，任家埋在皇室的釘子也不少。雖然大都是些接觸不到核心機密的小角色，然而在這種關鍵時刻便顯出那些人的用處。

待在皇室那方的間諜中，就有一個是在莊園當下人的，那人確定莊園並沒有可用以當實驗室的空間，不過報告上的確提到近期莊園多了不少人出入，而且那些人常消失在莊園內，他懷疑莊園設有暗道。經過調查，很有可能有東西藏在地底。

「現在怎麼辦？我們要出兵嗎？可那裡是皇室的土地，我們硬闖便會與皇室撕破臉。要是真找到東西還好，要是找不到，便不佔理了。」眾人立即開會討論接下來的行動，任景奕苦惱地說道。

雖然蟲族十居其九就被皇室藏在莊園地底，然而他們終究不敢確定，任景奕都覺得自己快要愁出一頭白髮了。

堇青知道研究基地的確就在莊園下面，可是她卻不能解釋自己爲什麼會知道這麼機密的事情，只得默不作聲地看著眾人討論。

就在眾人為著到底出不出兵而爭論不休之際，堇青收到了堇母的通訊要求。堇家把堇青提供的資料獻給皇室後，皇室的研究員嘗試以這份資料進行研究，竟然獲得了重大的進展。

只是資料並不齊全，後頭的研究進度很快便再次停滯不前，但已足以讓皇室看出堇青的價值了。

現在局勢對皇室愈發不利，軍隊幾乎是任景鋒的一言堂。可以說，要不是任家顧忌名聲，任景鋒現在已經可以幹掉皇室，直接稱王了！

原本任家看重名聲不打算積極行動，這為皇室爭取到不少時間。然而不久前皇室下了一著昏棋，在宴會放出蟲族襲擊任景鋒。結果對方卻早有準備，要殺的人沒有殺掉，還把把柄送到任家手裡！

在這種情況下，蟲族的研究便成為了皇室的救命草。他們已經研究出複製蟲族的技術，現在只差操控這些蟲族。只要能夠控制牠們，到時候便能碾壓一切反對勢力……不，他們可以暗裡來，邊讓蟲族殺死他們看不順眼的人，邊當驅逐蟲族的救國英雄！

皇室的想法很理想，可惜現實不盡如人意。控制蟲族從來都只有蟲后能做到，即使皇室獲得了蟲后的屍體，也只能勉強利用蟲后費洛蒙煉製的藥劑來吸引雄蟲，離他們心目中的完全掌控還有很大的距離。

正當皇室那方的研究陷入僵局之際，堇青提供的資料讓他們看到了希望。原本皇室並不把堇母交上的資料當一回事，心想他們這邊那麼多成名科學家也找不到頭緒，她一個剛成年不久的小女生懂什麼？

誰知道結果很打臉，依照資料進行研究竟獲得巨大進展，這讓他們生出把堇青帶到基地協助研究的想法。

雖然堇青現在嫁到任家，可只要讓她找個藉口，比如說想念娘家，想到娘家小住一段時間，任家斷不會不放行。

於是皇室便計畫讓堇母把堇青帶過去，他們甚至還想著要是堇青表現好的話，到時候就把人扣著不放。

這麼重要的研究人才，可是要抓在自己的眼皮子下才安心。讓堇青去當一個間諜，還真的埋沒了她的才能。真不知道堇家的人到底有多眼盲，才會放棄這麼出色的女兒。

堇家父母並不知道皇室對他們的決策力充滿懷疑，此刻他們對於皇室指派任務給堇家滿心高興，覺得要是女兒能夠完成蟲族的研究，到時候堇家便能一飛沖天。

堇母立即興高采烈地聯絡堇青。

這還真是瞌睡便有人送枕頭，對於堇母的請求，堇青一口應允下來，並與她約好了離開任家的時間。

原本任景鋒並不想讓堇青以身犯險，可這是目前來說刺探敵陣的最好辦法。而且堇青很堅持，最終任景鋒只得尊重她的決定。

既然確定了接下來的行動，眾人便開始進行各種準備工作。堇青身上的衣服看起來與以往沒有什麼區別，可其實都是各種檢測不出來、任家獨家研發的高科技小儀器。既能隨時定位，還能讓他們與堇青保持聯繫。

任景鋒有過多次出征經驗，近幾年一直都是家人送他離開，已經很久沒有目送親人上戰場。尤其堇青並不是軍人，她甚至可以不用蹚這趟渾水，保護任家根本不是她的責任。

任景鋒比堇青年長足有十歲，對他來說，堇青這個年紀的女孩，應該要像那些無憂無慮的女生一樣在父母膝下撒嬌，每天最大的煩惱便是學校的功課。

堇青承擔了太多她這個年紀本不該承擔的危險與責任，而且這些都是爲了任家，任景鋒想到這點便感到心疼萬分。

同時他也感到很自責，如果他再強大一些，那麼是不是就能夠護著她了？

察覺到任景鋒的小情緒，堇青上前抱住他道：「我很高興能夠有護著你的機會，畢竟美女救英雄的機會不是常常有的。」

看到戀人露出一如既往的燦爛笑容，任景鋒回抱著她，高大的他把堇青整個人都抱在懷裡：「這是第一次也是最後一次，以後就讓我護著妳，一定不會再讓妳涉險的！」

雖然任景鋒擔憂得一副要與她生離死別的模樣，可堇青卻不覺得這次的試探會有生命危險。畢竟她這種戰鬥力負值的科研人員本就容易讓人輕視，對方對她的警戒有限，這大大方便了她在基地活動。

何況她的知識對皇室來說還大有用處，即使皇室真的發現了她的間諜身分，與其把她殺掉，對方大概更想榨光她的價值。若是東窗事發，也許堇青會失去自由，可性命應該無礙。

因此堇青對於接下來的行動沒有太多恐懼，她什麼大場面沒見過？再危險的境況她也經歷過，潛入行動對堇青來說根本小case而已。

約定時間一到，堇母便準時過來接人了。

堇青順從地跟著堇母離開，當二人成功離開任家後，一直擔心任家不放人的堇母終於鬆了口氣，對著女兒溫和道：「小青，一會兒我帶妳去一個地方，只要妳能夠完成蟲族的研究，到時候想要什麼媽媽都買給妳。」

堇青一副醉心學術的模樣，驚喜說道：「我不要禮物，只要有蟲族的樣本給我，讓我把研究完成就好。唉，媽媽妳都不知道，研究進行到一半無法繼續下去有多痛苦，我現在只想盡快完成研究。」

堇母很滿意堇青積極的態度，誇讚了她一頓，心裡最後的少許懷疑也消除了。

堇青隨堇母來到皇室的渡假莊園，在莊園裡，堇青還獲得了皇帝陛下的接見。

皇帝是個中年男人，即使再華麗的衣服也無法掩飾他的老態。這人很好色，從登基後便一直沉醉在溫柔鄉，在正事上卻是毫無作爲。也許因爲私生活太亂，以至神色蒼白憔悴，看起來像個老人似的。

堇青上前向皇帝行禮，她看著對方的眼神充滿崇拜，一副因爲對方的接見而驚喜榮幸的模樣，大大取悅了皇帝。再加上皇帝很喜歡美人，堇青的嘴巴又甜，很快便哄得對方笑逐顏開。

皇帝想留下堇青多說說話，可惜此時正是對抗任家的緊要關頭，只得遺憾地讓人把堇青帶到研究室去。

堇母若有所思地看著皇帝不捨的模樣，離開莊園時，把堇青拉到一旁道：「解決任家後妳便恢復自由身，到時候可以自由婚嫁。媽媽知道妳很喜歡雷克斯，可現在他已成了廢人，媽媽不忍心妳受苦。既然陛下喜歡妳，要是妳在研究上能立下大功，說不定能當個皇妃呢！這段時間妳多討好陛下，我們堇家再爲妳操作一番。」

要不是堇青演技好，現在她臉上的笑容一定裂了。可即使再生氣，她還是忍耐著沒有露出任何負面情緒，裝作對堇母的提議很感興趣，卻又有些猶豫地說道：「我會好好考慮的。」

堇母微笑著拍了拍堇青的肩膀：「媽媽也是爲妳著想，好好考慮一下吧。」

目送著堇母離去，堇青心裡滿是嘲諷。心想這人眞是貪婪，把女兒賣了一次覺得不夠，竟然還想再賣第二次。

不過現在並不是與對方計較的時候，反正皇室失勢後，作爲皇室走狗的堇家也要倒楣了。堇青犯不著與她生氣，跟隨著帶路的士兵前往研究基地。

研究基地果然如眾人所猜測般設置在莊園地底，只是入口很隱蔽，要不是有人帶領，堇青完全察覺不到那個位置竟然有一座隱藏的升降機。

可惜入口再隱蔽，在它向堇青展露以後便完全不是祕密了。縫在堇青衣領上的其中一枚寶石其實是迷你攝影器，它正把莊園的祕密，以及堇青等人的對話一字不漏地記錄下來，並且呈現給任家的眾人。

乘坐升降機時，堇青的耳環傳來了任景鋒的聲音：「妳盡量穩住，到達研究基地後找個機會藏起來，我們很快便會把妳救出來，別害怕。」

頓了頓，任景鋒又道：「離那個皇帝遠點，他不是好人。」

要不是強大的演技撐著，堇青差點兒忍不住笑了出來。

任景鋒這是在吃醋呀！

可惜堇青的身邊還有領路的士兵，她不方便說話，不然堇青一定會好好地逗一逗任景鋒。

在娛樂圈那種滿布牛鬼蛇神的地方也能混得風生水起，堇青的情商絕對不差。

當她要討好別人，或者讓人降低戒心時，鮮少有失敗的時候。

相較於之前在皇帝面前的乖巧，進入研究基地的堇青一副驕傲的模樣。她知道在那些研究員面前，乖巧討好都是沒有用的，只有展現出自己的價值，利用實力把那些人狠狠打壓一番，才能夠被對方接納。

原本那些研究員還看不起堇青，覺得這麼年輕的女生能夠交出那份資料，更多的不是因爲她的實力，而是運氣。

結果，堇青卻用實力把他們按在地上磨擦磨擦。

堇青看過他們的研究數據後，很快找出了幾個錯誤的地方。那些研究員原本還不服氣，結果運算過後才發現那些地方眞的有問題，堇青說的話都是對的！

他們對堇青不得不服氣了，這才接納了對方成爲研究基地的一員。

初步獲取這些研究員的信任後，堇青提出想去看看關押的蟲族，研究員便領她到另外一個重兵把守的房間。

在那裡，堇青看到不少活生生的蟲族。而她的所見所聞，亦由攝影器忠實記錄下來，並同步呈現在任家眾人眼中。

堇青裝出一副狂熱的模樣，道：「真的太棒了！有這麼多樣本支持研究，一定能夠很快獲得成果。」說罷，她又詢問領路的研究員：「蟲后的屍體也在這裡嗎？可不可以給我研究一下？」

研究員解釋：「屍體在這裡沒錯，可是蟲后只有一隻，可寶貴了，這不是妳現在的權限可以接觸的。不過資料庫有蟲后的詳細資料，妳可以申請作研究。」

堇青失望地聳了聳肩：「好吧！那需要時我再去申請好了。」

在研究員的帶領下，堇青摸清楚了關押蟲族的地點，裝模作樣地取了些樣本後便回到了研究室。

此時那些研究員正在想辦法修補之前的錯誤，堇青好心地提供了一些新思路給他們，看著那些研究員沉迷在研究中，應該好一會也想不起她來，一直關注她這邊狀況的任景鋒便說道：「阿堇，可以了，妳找一個沒人的地方躲起來吧。」

堇青輕輕應了聲，離開了研究室。

任景鋒要領兵趕至研究基地，因此便由弟弟任景奕接手，與堇青保持聯繫。

「大嫂，妳打算躲到哪裡去呀？很多地方都有士兵把守啊，而且把門鎖起來也會引人懷疑吧？」任景奕年紀較小，性格也比任景鋒活潑，他好奇寶寶般地與堇青交談著。

「很簡單啊，有一個地方不會有士兵駐守，一個人待著甚至把門鎖起來都不會引人懷疑。」堇青勾起了嘴角，小聲回答他的話。

堇青與任景奕說話時嘴巴的動作微不可見，看起來簡直就像在說腹語。她從不會小看任何人，深入敵陣的時候再小心都不為過。即使堇青現在身邊沒有人跟著，可她依然隨時注意著不露出任何破綻。

任景奕很好奇堇青到底會躲到哪，可惜猜了幾個地方都不正確。到後來他開始亂猜，堇青便再也不與他說話了，顯然是不打算告訴他答案，害任景奕心癢難耐。

不過很快，任景奕便知道答案了。

「女廁啊……」

這的確是個不會有士兵駐守，既可以獨自待著，鎖門也不惹人懷疑的地方！

這個世界的廁所也充滿各種高科技，非常乾淨之外，亦沒有不好的氣味，堇青對於待在裡面完全沒有任何壓力。

進入女廁後，堇青先把所有廁格檢查了一遍，確定裡面沒有人使用。

堇青邊行動，邊想起地球的電視劇中，那些辦公室員工總愛在廁所說別人的八卦，然後當事人正好在廁格中的劇情……

甩了甩頭把腦海中的想像甩掉，堇青告誡著自己一定不要犯這麼白痴的錯誤。

就在堇青躲到廁所的時候，任家大軍已經殺到莊園。

皇帝大吃一驚，立即派出護衛兵義正詞嚴地要求對方離開。

然而領軍的任景鋒根本沒有與對方廢話的意思，他已確定研究基地設立在地底，那麼地面上的莊園留不留便不重要了。

於是任景鋒二話不說，便讓任家軍直接朝莊園開火！

第十章・塵埃落定

皇帝實在是倒楣到家，如果他的對手是其他政治家，也許造反時會想著要活抓他。偏偏任景鋒的想法卻是簡單直接，既然已經抓到對方研究蟲族的證據了，那麼留著皇帝的命便沒什麼用處。

若是他上位後，還要煩惱皇帝是殺還是不殺好呢，倒不如一開始就裝作不知道皇帝人在莊園裡，直接一輪炮火把人幹掉。

於是在任家士兵連連炮轟下，莊園很快便被他們毀得七七八八。要不是任景鋒顧忌著堇青，他還真的想讓部下繼續開火，直接將那個研究蟲族的邪惡基地也轟上天才好。

皇軍都不知道該做怎樣的反應，他們不是在炮轟時喪命，便是被任家這個大膽的做法驚呆了！

對方出手太突然，他們根本來不及防衛，當皇帝軍反應過來時，莊園已被轟成了廢墟，就連他們追隨的皇帝只怕都凶多吉少。

沒有了頭領，倖存的皇軍頓時亂成散沙，士兵們全都失去戰意，最終是不戰而降。

看著從廢墟裡清理出來的屍體，任景鋒神色毫無變動。這些士兵被皇帝安排駐守在莊園裡，自然是他的心腹部隊，斷不會不知道這裡在研究蟲族。

既然他們選擇了即使犧牲人類安危也要追求榮華富貴的冒險之路，那便要承擔後果。何況要不是任景鋒下手決斷，真讓兩軍交鋒，只怕死的人會更多。

任景鋒身為任家軍團的頭領，當然首先要保障的是自家士兵的性命，絕不會因為婦人之仁而讓自己的士兵陷於危險中。

摧毀莊園後，任景鋒還有更騷的操作——他開始在星網上進行直播！

這麼損的主意出自於堇青。堇青認為事後即使罪證確鑿，也難免會有些皇室的支持者和陰謀論者不願相信，甚至認為是任景鋒想要上位而栽贓嫁禍給皇室。

因此堇青便建議任景鋒進入研究基地時在星網進行直播，讓那些民眾把過程看得清清楚楚，以免引起不必要的誤會與麻煩。

任景鋒也覺得堇青的提議不錯，這還是元帥大人第一次進行直播，當他開直播時，觀看直播的人數便以恐怖的速度竄升起來。

要不是這個世界的高科技一級棒，即使全人類擠在一個直播間也不會影響網速，只怕任景鋒這次的直播要進行不下去了。

【元帥大人竟然進行直播！該不會被人盜號吧？】

【樓上在搞笑嗎？以任元帥軍人的身分，星網上的私人帳號也受到軍方的保護，誰能盜得了他的號？】

【元帥大人現在坐在機甲裡？】

【雖然元帥大人很帥，我可以連看十天不悶，可是看您這麼嚴肅的模樣心裡沒底啊！元帥大人說些什麼吧？比如為什麼開直播之類？】

【啊！鏡頭動了……靠！這廢墟是怎麼一回事？也太慘了吧!?】

【廢墟旁邊的花田很眼熟啊……這不是皇家莊園獨有的美景嗎!?】

【等等！樓上說這個廢墟是皇家莊園？】

【弱弱地問一句……元帥大人你該不會想直播政變吧？】

幸好任景鋒沒有讓索索發抖的民眾驚恐太久，他淡淡地把事情簡單交代了一遍。爲了保護堇青，任景鋒只說情報來自於一名間諜。

任景鋒的話讓眾人譁然，並不是所有人都相信他的說詞，不少人對此感到懷疑。

畢竟人類與蟲族的仇恨累積了數代，已是不可調解的程度，他們很難相信皇室竟會在首都星私下藏著蟲族研究。

對此任景鋒沒有辯解什麼，只說：「我們要進入地底的研究基地了。整個過程我會全程直播，歡迎各位在星網監督。」

【任元帥要親自進去嗎？太危險了！要不先讓士兵探路吧？】

【元帥大人哪次不是自己親自下場的？】

【可萬一皇室真的……那任元帥便很重要了，萬一元帥大人出了什麼事，那帝國怎麼辦？】

任景鋒正好看到眾人的討論，想起了堇青交代過她的「受害者人設」，便說道：「我的妻子因爲卓越的藥劑天賦，被皇室抓進了研究基地強逼她研究蟲族，我必須親自去把她安全救出才行。」

直播間頓時整齊劃一地出現了連串驚呼：【什麼!?】

說罷，任景鋒便不再理會民眾在星網上的發言，領著士兵們前往地底基地了。

此時，研究基地的士兵與研究員也得知上方莊園受到襲擊，而襲擊者正是任元帥任景鋒。

作爲他們最大靠山的皇帝陛下，亦被任家軍一頓炮火轟得生死不知。

最初的慌亂過後，有人想起了任景鋒的妻子堇青。雖然聽說堇青本就是堇家派去任家的間諜，與任景鋒的關係並不好，但對方終究是任景鋒的妻子，她還是有當人質的價值。

雖然一輪搜尋不果，可最終仍是獲得了堇青的消息。有士兵說看過堇青往女廁的方向走，眾人便浩浩蕩蕩地衝去廁所找人，發現女廁的門被堇青鎖住了！

很多地方的門都能由外手動強制打開，這是爲了確保士兵對重要地點的控制。然而女廁……實在怎樣都稱不上是重要地點，因此這裡並沒有強制開啓的裝置。

所以千辛萬苦找到人的士兵們，只得努力破門。結果他們在外面苦哈哈地破門，在廁所裡的堇青則邊匿名上星網看直播，邊與團子閒聊得好不快活。

幸好外面辛勞破門的士兵看不到女廁內的情況，不然都要被氣死了。

士兵們破門的行動才剛開始不久，便遇上前來尋妻的任景鋒一行人，很悲催地迅速被團滅了。

堇青聽著外面傳來一頓混亂的戰鬥聲，不久聲音靜止，隨即堇青便聽到任景鋒熟悉的嗓音：「阿堇，我來接妳了。」

堇青一改原本淡定的模樣，打開門後一副驚恐卻又帶著堅毅的神情，喜極而泣地投進任景鋒懷裡。

雖明知堇青這表情更多的是裝出來的，可只要一想到她獨自在這裡擔驚受怕，任景鋒便覺得心疼不已，對皇室的人更加看不順眼。

觀看直播的民眾見到元帥夫婦情深相擁，忍不住也爲他們的團聚而歡喜。一些原本不相信任景鋒說詞的人，看到堇青眞的待在皇室莊園的研究基地，而且還被對方士兵追捕，也不得不相信了他的話。

救出堇青後，任景鋒並沒有立即帶著堇青離開，而是在她的帶領下闖進了藏著蟲族的實驗室。民眾看到基地果眞飼養不少蟲族，很多人忍不住破口大罵，覺得皇室眞的太瘋狂了！

尤其那些居住在首都星的人，更是慶幸任景鋒能夠及早發現皇室的陰謀。不然哪天蟲族跑了出來，他們不就危險了嗎？

一時間皇室在網上被人人喊打，充斥著讓皇室滾下台的言論。

然而還是有不少皇室的支持者，或者單純的聖母想爲皇室洗白。

【皇室這次的確是錯了。但念在他們為帝國服務了這麼多年，沒功勞也有苦勞，大家就原諒他們吧！】

可是這些言論，民眾並不買帳。

【樓上聖母鑑定完畢。】

【先不論窮奢極侈卻沒有絲毫作為的皇室，這些年對帝國到底有多少貢獻。要是人人做了錯事都說要念在往日的情分從輕發落，那麼法律豈不是形同虛設？】

【就是，與其同情皇室，還不如同情那些宴會中被蟲族襲擊的人。】

與皇室受盡千夫所指相反，任景鋒在這場直播中卻是獲得眾多的支持。

同樣受益的還有堇青，看到她堅強地待在任景鋒身邊，無論遇上什麼危險或血腥的場面也沒有任何退縮，便讓觀看直播的人佩服不已。

堇青只是個沒有受過軍事訓練的普通人，然而她在被抓捕後還能保持鎮定，甚至探聽到關著蟲族的位置，這足以讓很多覺得她配不上任景鋒的人改觀了。

當然還是有不少任景鋒的粉絲對堇青羨慕嫉妒，在星網上使勁地黑。可惜這些過激的言論一出，便被理智的民眾嘲諷得毫無還擊之力。

堇青正好看到這些留言，頓時勾起了嘴角，臉上的笑容笑得更燦爛了。

她就喜歡看這些人羨慕嫉妒，卻又完全拿她沒奈何的模樣。

然而很快地堇青便沒有心情再對著星網的留言暗爽了，她被帶到任景鋒的機甲面前，被那強大又美麗的機甲深深震撼著。

堇青第一次近距離看到任景鋒的機甲，它是帝國最強大的武器，是只有ＳＳ級精神力才能駕馭的最強機甲！

眼前的機甲很巨大，外殼是充滿金屬感的黑色，流暢的線條讓機甲看起來一點兒也不見笨重。

任景鋒見堇青眨也不眨地盯著機甲看，邀請道：「要進去坐坐嗎？」

這機甲很強大沒錯，然而操作的門檻高得讓人絕望，不是誰都能夠坐進去的。

當年帝國出了任景鋒這個ＳＳ級的軍事天才，卻沒有配得上他精神力的機甲，最後還是由多名科學家特別針對任景鋒的精神力來合力研發。

精神力沒有ＳＳ級的人不僅無法駕駛，即使只是單純待在機艙裡，精神力也會受到損害。

然而任景鋒曾與堇青的精神力連繫，當時他便知道對方的精神力絕對不比他弱。之前是因爲局勢不明，他才讓堇青低調一些，可現在皇室已經不成氣候，任景鋒便覺得是時候讓別人知道堇青的出色了。

每次看到星網那些說堇青配不上他的留言，任景鋒都感到心疼又鬱悶。明明他的妻子這麼強大，不應受到如此委屈。

對於任景鋒的提議，堇青高高興興地應下了。接著她便在眾人驚掉下巴的注目中，悠然地進入了機甲的駕駛艙。

觀看直播的人頓時炸了。

【等等！我記得堇青的精神力只有A對吧？】

【要是精神力沒有SS級，上去會受傷的！】

【元帥夫人還好嗎？】

堇青上了駕駛艙後，便把直播鏡頭對準自己，微笑著的表情已經告訴了觀眾們她完全沒有事，好得不得了。

堇青解釋：「之前蟲族闖入宴會廳時，我爲景鋒進行了精神力舒緩，結果我的精神力與景鋒產生了共鳴，便升級了。」

這是堇青與任景鋒二人討論出來的說法，任景鋒並不在意堇青的精神力爲什麼不是Ａ級，而是驚人的ＳＳ級，可是別人卻顯然不會放過她。爲免帶來麻煩，任景鋒便讓堇青把事情推在精神力共鳴上。

畢竟歷史上曾出現過不少夫妻兩人連接精神力時，雙方的精神力產生共鳴，讓低階精神力的那方大大增長的例子。堇青原本的精神力便有Ａ級，其實已經不弱了，所以因爲共鳴而一口氣增長成ＳＳ級，也是可能的……吧？

堇青也知道有很多人會懷疑，畢竟ＳＳ級是神話般的存在。以前帝國就只有一個任景鋒，現在多了堇青，她自然會受到各方的注視。

只是那些人再懷疑，也無法證明她說的話的眞僞。何況以她元帥夫人的身分，也不會有不長眼的人當面質疑她。

「景鋒剛剛結束作戰，我要爲他好好疏理一番。今天的直播就到這裡吧！」說罷，堇青不待眾人反應，便關掉了直播。

眾人這才後知後覺地想起堇青身爲一名治療師，藥劑只是輔助手段，精神力舒緩才是治療師的根本。

這代表任景鋒終於能夠有一名SS級的治療師爲他疏理，以後都不用擔心精神力異常的問題了！

「元帥大人與元帥夫人，眞的是天生一對吶！」不少看過直播的人，皆作出如此感歎。

蟲族的事情東窗事發，任家完全不須多做什麼，皇室便被憤怒的人民逼著下台了。

所有參與此事的相關人員皆被收押，其中堇家也不例外，堇父、堇母都被抓捕了，就只有堇煒因爲未參與這些事情才逃過一劫。

得知堇家也有插手，民眾感到很驚訝，只是堇青經過了這麼多事情依然一直站在任景鋒身後無言地支持著他，眾人感動於她的有情有義，因此堇家的事情並未拉垮堇青的形象，反而有不少人很同情她。

【記得蟲族突襲宴會廳時，元帥夫人也是在現場的吧？怎會有父母這麼狠心，他們就不怕自己的女兒會被蟲族殺死嗎？】

【只怕在堇青嫁到任家時，他們便當沒有這個女兒了。】

【聽說堇青之所以會被皇室禁錮，也是因為堇母到任家把她騙出去。】

【真的假的!?】

【真的，星網上有片段，路邊的監視器拍到堇母到任家把堇青帶走了。】

現在堇青在民眾的心目中，是被父母蒙在鼓裡、有需要時便把人騙走壓榨勞力的小可憐。堇青在記者問及她的父母時，都是嚶嚶嚶地哽咽著不說話。別人還讚她孝順，即使父母對她再無情，她也沒有說對方一句壞話。

眞是好一朵白蓮花！

很快地，堇父、堇母的判決下來了，他們被判到偏遠的星球進行十年勞動。判決下來時，堇青的弟弟堇煒找上了任家，請求堇青幫忙爲父母打點，至少讓他們服刑時能夠輕鬆一些。

堇青看著眼前這天眞的弟弟，淡然詢問：「你憑什麼要求我這樣做？」

看到堇青絕情的模樣，堇煒不由得悲憤地質問：「妳怎能這麼冷血？爸媽再不對，他們也把妳養大，妳怎能冷眼旁觀，任由他們到偏遠星球勞動受苦!?」

堇青反問：「爲什麼不能？他們既然能不顧我死活，把蟲族引進宴會廳；能把我騙出任家，逼我進行蟲族的研究，我爲什麼還要在乎這樣的所謂的『父母』？」

看到堇煒還想說什麼，堇青懶得與他廢話了，乾脆從光腦尋找一段錄音，直接播給堇煒聽。

「解決任家後妳便恢復自由身，到時候可以自由婚嫁。媽媽知道妳很喜歡雷克斯，可現在他已成了廢人，媽媽不忍心妳受苦。既然陛下喜歡妳，要是妳在研究上能立下大功，說不定能當個皇妃呢！這段時間妳多討好陛下，我們堇家再為妳操作一番。」

聽著錄音中那熟悉的嗓音，堇煒驚訝地瞪大雙目。

堇青冷笑道：「聽，你的好母親，還想把我賣第二次呢！這樣的父母，還是到偏遠星球好好勞動，省得老是想這種有的沒的來噁心我。」

頓了頓，堇青收起了笑容，眸子裡滿是冰冷的神色：「你以後別來招惹我了，我們沒有再交往的必要。即使以後見面也當彼此是陌生人，這對大家都好。」

說罷，堇青便讓管家把神情恍惚的堇煒送走。

她現在已有新的家、新的家人。堇家的事情就到這裡吧，以後彼此再不相見。

雖然任景鋒並不貪戀權力，但還不至於佛系得把皇室拉下馬後，任由別人來摘桃子的地步。

因此這段時間任景鋒陷入了忙碌地獄，直至他完全坐穩元首的位子，已經是一個月以後的事情了。

任景鋒成了國家元首，可任家並沒有打算將皇室取而代之，成爲新的皇族。他們直接廢除了皇權的統治，元首不會世襲，而是任期結束後由人民選舉出來。

此舉有人歡喜有人愁，受到最大打擊的便是貴族們。雖然任景鋒只是收走了貴族的封地，讓他們保留其他資產，可是他們卻從此失去了高人一等的地位，以及不工作也能收取的大筆稅項。

要是貴族還是像往日般不思進取的話，也許這一代留下來的資產仍可以讓他們揮霍，可總有一天會坐吃山空。

貴族們也不是沒有鬧，只是現在國家幾乎是任景鋒的勢力，鬧過幾次無果，反而被對方再削減了一些利益後，他們只得偃旗息鼓了……

一切塵埃落定後，任景鋒便計畫向堇青求婚。

此時堇青已經加入了國家最權威的研究院，她得知人類在出發星際時，有很多古文明及研究因爲漫長的星際旅程而漸漸失落，中醫便是其中一樣。

堇青對此深感可惜，希望讓那累積數千年的人類醫術結晶重回人類社會，便嘗試結合中醫與藥劑的煉製，現在已經初有成效。

研究院一眾研究員對堇青的心態，由最初對後輩的提攜，到平輩相交，到現在，已是對天才的仰望了。他們知道假以時日，堇青一定會帶領國家走出一條新的醫療道路。

這天堇青離開研究院準備回家，便看到一整隊機甲浩浩蕩蕩向著研究院迎面飛來，非常壯觀。

一開始她還以為發生了什麼事情，結果便見任景鋒的機甲停在她身前。隨即機艙門打開，穿著一身正裝的任景鋒手持花束從機甲步出。

堇青見狀，心裡對於任景鋒接下來要做的事情頓時有所預感：「這副架勢……景鋒是要求婚嗎？團子你竟然不告訴我！」

團子軟糯的嗓音帶著得意：「這樣才有驚喜嘛，嘻嘻！」

任景鋒捧著花束單膝下跪，取出一枚戒指略帶緊張地說道：「阿堇，妳願意嫁給我嗎？」

喜歡上堇青後，任景鋒每次想起他們那個連婚禮都沒有的婚姻註冊，都覺得悔恨不已。

他想給予堇青最好的，尤其是代表著二人親密關係的婚姻，容不得一絲一毫的草率。因此，在把國家一連串事情處理好以後，任景鋒便打算補回求婚與婚禮等儀式。

堇青看到婚戒上的是一枚帶有灰藍色調的紫色寶石，立即認出這是她以爲在這個世界已經絕跡了的堇青石！

自從人類離開母星、來到其他星系定居後，許多母星盛產的寶石便成了絕響。像堇青石，僅餘當年人們移民時從母星帶走的，可說是碩果僅存的珍貴寶物。

對堇青來說，珍貴的並不是這枚結婚戒指，而是任景鋒的誠意。

畢竟這麼珍貴的寶石，擁有者定會好好珍藏，鮮少流出市面。要尋找這幾乎絕跡的寶石，任景鋒一定是早早便準備了，而且不知道花費了多少工夫與人情。

面對任景鋒的求婚，堇青也不矯情，落落大方地伸出左手讓對方替她把戒指戴上。

誰知道接著任景鋒又拿出一枚戒指，讓堇青爲他戴到無名指上。

這個世界要找到堇青石極難，有一枚已是運氣，想不到任景鋒竟然找到了第二枚，連堇青也感到很驚訝。

兩枚戒指是相同款式的簡約設計，區別只在於堇青那枚的堇青石有著鑽石切面，任景鋒那枚則是打磨得光滑的蛋面。

任景鋒完成了求婚儀式後，一旁的機甲還打響了慶祝禮炮。任景鋒把堇青接上了機甲，一整隊機甲又浩浩蕩蕩地飛走了。

圍觀民眾都覺大開眼界，興奮地上星網分享他們的所見所聞。

要知道首都星對機甲的使用是有所限制的，能夠用機甲部隊來求婚，整個國家也只有任景鋒做得到了！

不過人們對任景鋒這麼大陣仗的求婚皆表示理解。堇青愈來愈出色了，明明可以靠臉吃飯，卻偏偏要靠才華，要是任景鋒還不抓緊機會好好表現，萬一堇青踹開他去找個更溫柔體貼的，任景鋒可是哭也沒處哭去。

不知不覺間，堇青在人民的心目中已經成爲了能夠與任景鋒並肩的存在。

而堇青的任務，也在任景鋒於研究基地接走她的那瞬間便完成了。

這一世，堇青依然決定留在這個小世界與戀人白頭偕老。

堇青坐在機甲的駕駛艙裡，看著星網上熱烈的討論與祝福，抬首與戀人相視一笑。在兩人交握的手上，兩枚鑲嵌著堇青石的戒指彰顯著兩人的夫妻身分。

我願對你承諾，從今天開始，無論是順境或是逆境，富有或貧窮，健康或疾病，我將永遠愛你，珍惜你直到地老天長。

我承諾會對你忠誠，直到永遠。

《炮灰要向上05》完

▲後記

大家好！

寫這篇後記時正值五月，香港這邊一直在下雨，而且氣溫驟降。這還是第一次到了五月份，我還須要穿長袖衣服呀！

現在的天氣眞的愈來愈古怪了……

不知道大家還記不記得，我曾在我的其中一個臉書專頁「香草動物園」裡，分享過飼養蠶寶寶的經歷？

雖然蠶寶寶已經成爲了小天使，然而牠們有留下一些蠶卵。只是那時候擔心新生的蠶寶無法過冬，我便把蠶卵放到冰箱冷藏。

大約在今年四月中左右吧，我認爲天氣應該不會再冷了（現在回想起來，當時我太天真了），便把蠶卵從冰箱取出，誰知道天氣竟突然冷了起來！

只是蠶寶寶已經孵化，就只能硬著頭皮繼續養啦……

希望牠們能夠健康成長吧！

《炮灰》的故事預計八集完結。來到第五集，故事已經漸漸進入尾聲了。

我滿喜歡這種快穿故事，可以以不同背景爲題材。只是單集要結束一個世界，篇幅有點短，很多事情無法深入交代。許多時候故事才開始不久，便要盡快步入正題了，對於進度的拿捏總是有些不習慣。

不過總括而言，我滿享受寫作《炮灰》的過程，覺得一集換一個故事背景這種寫作方式挺有趣的。

也希望大家會喜歡我的第一本快穿小說。

下一集故事將會以現代作背景，敬請大家期待。

不久前我媽剛經歷了治療黃斑病變與白內障的手術，手術很成功，術後護理也不算困難。但因爲全身麻醉的影響，她手術後嘔了三天，一動便會頭暈想吐。想不到手術後她的眼睛不痛，最痛苦的反而是頭暈的狀況。

過了幾天，麻醉的副作用應該已經消除了，結果她還是躲不過暈眩的命運。因爲手術後眼球會留有一個傷口，醫生便在她的眼球打了個氣泡。氣泡的作用是堵塞傷口，以免傷口進水。爲了讓氣泡固定在傷口上，媽媽不能亂動，而且要一直保持低頭的狀態。也就是說睡覺要趴著睡，行走、坐著，甚至吃飯也要垂著頭。氣泡造成的視力模糊，再加上長期垂頭令她失去平衡感，於是媽媽又痛苦地暈眩了好一段時間。

媽媽成了名符其實的低頭族，因此便由爸爸負責煮飯了。

然而吃了一天爸爸煮的飯後，媽媽默默把煮飯的重任鄭重交托給我。

在媽媽的指導，以及多天的鍛練下，我覺得我的廚藝在這段時間有了飛躍性的進步呢！

也許平常感覺不到家人的重要性，可是出事情的時候，便會發覺到有家人互相扶持是很幸福的一件事情。

另外，健康眞的很重要！

也祝願正在看這本小說的你，能夠一直健健康康喔！

香草

炮灰要向上

【下集預告】

人生路上，一向沒有最慘，只有更慘。
更何況，堇青穿越的還都是「炮灰人生」！

身爲富商千金又怎樣，
堇青這次的穿越，雖然有著令人稱羨的家世，
卻不受寵，甚至連男友都是個博愛男！
在她慘遭妹妹橫刀奪愛、害死湖中後，家人竟不聞不問……

恩怨分明的堇青，決定要爲原主討回公道，
不僅狠踹渣男，更要顛覆無情又卑鄙的家族。
就在反攻的同時，她也遇到了，那個他～

vol.6〈穿越變成富商千金〉 2019年盛夏，敬請期待！

國家圖書館出版品預行編目資料

炮灰要向上 / 香草 著.
——初版. ——台北市：魔豆文化出版：蓋亞文化發行，2019.05
冊；公分.（Fresh；FS169）
ISBN 978-986-97524-1-1（第五冊：平裝）
857.7 108006194

炮灰要向上 vol.5

作　　者　香草
插　　畫　天藍
封面設計　克里斯
主　　編　黃致雲
總 編 輯　沈育如
發 行 人　陳常智
出 版 社　魔豆文化有限公司
發　　行　蓋亞文化有限公司
地址：台北市103承德路二段75巷35號1樓
電話：02-2558-5438　傳真：02-2558-5439
電子信箱：gaea@gaeabooks.com.tw
投稿信箱：editor@gaeabooks.com.tw
郵撥帳號 19769541　戶名：蓋亞文化有限公司
法律顧問　宇達經貿法律事務所
總 經 銷　聯合發行股份有限公司
地址：新北市新店區寶橋路二三五巷六弄六號二樓
電話：02-2917-8022　傳真：02-2915-6275
港澳地區　一代匯集
地址：九龍旺角塘尾道64號龍駒企業大廈10樓B&D室
電話：+852-2783-8102　傳真：+852-2396-0050
初版二刷　2021年9月
定　　價　新台幣 199 元
Published and printed in Taiwan

ISBN 978-986-97524-1-1

魔豆

魔豆